蓝房子

萧朱 著

广西师范大学出版社
· 桂林 ·

小阅读·文艺

目　录
/ c o n t e n t s

1

四月，我在河边遇到他

　　来泰国的人，一半去了普吉，一半去了清迈，我却来了这个距离曼谷三小时车程的小镇，就像别人去北京旅游，我却在燕郊流连忘返。镇上有一条河，水边刮呼啦啦野风，芦苇比人高。本地也有妓女，只能做本地人生意，有时候夜里客人舍不得开房，他们就钻进芦苇地，我听人说，一次只要五百泰铢。

　　我已经在镇上住了两个月，租一套 Airbnb 上的民宿，写一篇狗屁不通的人类学论文，"战后东南亚华人文化的保持与族群关系的演进"，天知道，这里压根没有几个华人，我选这里，不过是因为它便宜。我的导师，一个多年对我寄予厚望、又多年被我气得发疯的美国人，已经下了最后通牒，如果五月中旬再不回到纽约，我就参加不了今年的答辩，也就是说，我还得熬一年。不不不，我绝不能再熬一年，我不再有耐心，也不再有钱，我要把这狗屁不通的一切，统统结束在今年。

我整日泡在河边咖啡馆里，用八十泰铢的咖啡打发大半日。咖啡馆是一栋灰蓝色小房子，屋檐下系一张吊床，我几乎就住在那张床上，抱住笔记本，抽烟，发呆，读两百万字的盗版言情小说，虚掷时光。我大概是有意虚掷时光，因我知道，人生中能虚掷的东西，已越来越少，往后的日子会变得明确、清晰、笃定。这大概是好事吧，但不知道怎么回事，所有好事都会让人伤感。

我刚点了一支红色加长万宝路，芦苇中突然冒出一个人来，我吓一跳，以为青天白日居然有人宣淫。定睛一看，却是个华人，不怎么高，精瘦精瘦，晒得漆黑，大鼻头，一头蓬蓬卷发，穿一条花花哨哨的沙滩裤，上面是白色背心，人字拖，当地人的标配三件套，拿一部莱卡 M10，大概是钻芦苇群里拍照。他没什么肌肉，腰部却有流畅线条，小腿也结实，长长腿毛飘动。

不要问我为什么看那么仔细，从去年万圣节之后，我就没有过性生活。一个成年女性，看见荷尔蒙的时候，分泌一点荷尔蒙，也是合情合理。

大鼻头看见我，忽然笑了笑，开口说："中国人？"

我于是又发现他眼珠子是一种深棕色，单眼皮，笑起来眯眯眼，而我平生最不能抵抗的三大诱惑：回锅肉、烤蟹黄、眯眯眼。

我正正身子，不动声色地理理头发，徒劳地想把大腿根部的短裤稍微拉长一点，这才说："是。"

他又问："还有烟吗？"

于是我们一起抽了烟，挤在一张吊床上。他倒是当仁不让坐下来，那吊床质量一般，他腿又长，局局促促放在地上，看上去有点滑稽，像一个大人，却偏偏要留在少年时的幻觉里。

抽完一支他问我："来旅游？"

我摇摇头："写论文，你呢？"

"我来工作。"

"这里能有什么工作？"

他想了想，说："宣传行业。"

"拍广告是吧？这里比清迈便宜多了。"

他不置可否，站起来拍拍屁股，说："谢了啊，回头见。"

我有点着急，这茫茫人海萍水相逢的，哪有那么多回头见？于是我拿着手机说："要不扫一扫？这里中国人也挺少的。"

他又想了想，从屁股兜里拿出一个极破的4S，屏幕粉碎，打开微信二维码怕是等了五分钟。我不在乎等这五分钟，他抿着薄嘴唇，一直盯住屏幕，我就一直盯着他的嘴唇。

后来终于扫上了，我看到他的微信名，"蓝房子"。

我很高兴，觉得这当中有点缘分，指指咖啡馆的灰蓝外墙，问："你刚改的名字？"

他摇摇头，也没解释，就这么走了。

我喜滋滋看他的微信头像，一只小黄猫，呵，喜欢猫的男人，薄嘴唇，我凭空想象了一个吻，不仅仅是一个吻。我又点了一支烟，烟雾盘旋上升，像我晃来晃去的心。

前男友喜欢狗，养一只大金毛。他住百老汇路117街，每日晚上从家遛狗到105街找我，我们吃饭，做爱，他再牵着狗回家。我们从不一起过夜，住在各自的房子里，连去法拉盛吃个三十刀的麻辣香锅，也要share账单，那时候我觉得这样很好，一种非常时髦的男女关系。我也是后来才渐渐明白，越时髦的事情就越是冰冷和俗气，热火朝天的关系反倒是不俗气的，只是我们都太在乎时髦了，在乎到失去了那些热火朝天的诚意。

去年万圣节，我扮成猫女，想去117街给他个惊喜，谁知道刚走到110街，就看到他和另外一个女人，也牵着一条狗，两人当街热吻，两条狗当街打架。我摇着尾巴挥舞皮鞭，默默走回了105街，也说不上多伤心，大家就那么回事，搞了一百次都没互相说过"我爱你"，做完爱还总担心冷场。但鬼节遇上这么摊子事，真的是遇了鬼。

喜欢猫的男人，应该比较好吧，毕竟没有人遛猫。猫有一种山高水长的恋旧，认定了一个人，就是那个人，认定了一张沙发，就是那张沙发。

晚上十点，我估摸着他怎么也该下班了，才发了一条微信："你好，下午忘记说了，我叫黄榭。"

我一直抱着手机，把声音开到最大，最后还是睡着了。到了半夜，乌漆嘛黑中突然一声叮咚巨响，吓得我不知今夕何夕，愣了一会儿才摸起手机，一看，是凌晨四点。

他在凌晨四点回我的微信："你好，我叫蓝轩。"

2

河水汤汤，顶上有星，他点上烟

　　后来并没有再联系。不是我不想，河上有风，心里有人，体内有荷尔蒙，手机却没有消息。

　　他从来不发朋友圈，我空有满怀点赞热情，却也无处施展，我的朋友圈，他又从来没点过赞。我疑心他从未看过我的朋友圈，枉我特意为他分了一个组，发那些拍了八百次的自拍。我倒是没有修图，毕竟他已经见过我本人，我本人晒得很黑，脸颊上洒满雀斑。

　　要是那天我涂了粉就好了，阿玛尼那瓶。这件事我也想了八百次。但不知道为什么，我知道他不是那种男人，粉底，口红，眼影，香水，蕾丝内衣，在他那里应当统统没有意义。要是他喜欢我，我烂着一张脸他应该也是喜欢的。但我没有烂着一张脸，所以他并没有喜欢我。

逻辑不用学得太好，否则人生就会凭空多出这些合情合理的烦恼。

我还是每天去那栋蓝房子写论文，期望碰到另一个蓝房子。我额外给了老板三千铢，让他每天替我留着吊床。蓝房子没有来，倒是来了一只小黄猫，我们渐渐熟了，它特许我摸它脚上的粉红肉垫，我喂它吃剩的鱼头鱼尾。

"人家不联系我呢。"我对小猫说。

小猫冷冷看我，一爪子挖出鱼眼睛。

不联系也就算了，长得好看的男人是很多的。我对自己说。然而又翻了一次通讯录，一个都没有找到。

你只是太无聊了。我又对自己说。于是晚上去了酒吧，涂上粉底，穿了裙子。胸开得很低，然而我并没有胸。

破破烂烂的酒吧，也没有招牌，来这里是因为这是镇上唯一的酒吧。门口有人穿得金光闪闪拉客，应该是个女人，我也不怎么确定，她（他？）见我是个中国人，突然开口，用标准的"胡建"普通话说："小姐，有发票哦。"

我吓了一跳，脱口而出四川话："日起鬼哦。"

酒吧里乌漆嘛黑，放 Leonard Cohen 的歌。我在吧台要了一杯龙舌兰，四下都是胖墩墩的泰国人，黑着一张脸，一杯杯灌啤酒。角落里隐约有一堆中国人，把几张桌子拼起来，似乎在用广东话大声喧哗，却听不清楚。我茫然四顾了一会儿，终于开始绝望地喝酒，音乐换成勾魂夺魄的 *In My Secret Life*。

"……There's no one in sight，And we're still making love……"

我叹口气，不由开始计算当下是不是十八岁之后没有性生活的最长间隔。有个人走到吧台，轻声说："Vodka，please。"

灯光暗成这样，我还是一眼看见他，大鼻头，眯眯眼，蓝房子。我惊喜交加："你怎么也来这里？"

他隔了几秒才认出我，说："咦……哦……工作结束了，来喝一杯。"

也就两个拟声词，彻底摧毁了我的自尊心。我从春药中清醒过来，尽可能冷淡地说："哦，好。"

他拿了酒，却也不回到同事那边去，沉默着和我并排坐在一起。过了许久，他说："喂，你带烟了吗？"

我们于是出去抽烟。酒吧也在河边，河的另一岸，河水汤汤，顶上有星，他点上烟，把烟圈向着银河的方向吹去。

我问他："你为什么总不带烟？"

"不想抽了。"

"……"

"我是说，理智上我不想抽了。"

"事实呢？"

"事实上每天都抽。"

"全是蹭的？"

"全是蹭的。"

“不麻烦吗？”

“有一点，但麻烦有什么关系，我又不是很忙。”

我们抽完那支，又点一支。我终于问他：“你没记住我的名字，是不是？”

他点点头：“对不起，我每天要和很多人蹭烟。”

我有点难过，却也放松下来。确认这件事对我意义重大，我半辈子都耗在研究“我有意思的男人到底是不是对我有意思”上了，要不是这样，我可能早就拿了三个博士学位。我已经三十岁了，不想再在这件事上耗费心力，我要拿到学位，找个工作，和好看的男人睡觉，然而不主动爱上任何一个人。爱是三十岁以后的高危行为，爱简直就是一场战争，我打算回纽约就去趟法拉盛，把两个大字文在胸口：和平。

我扔了烟头，说：“我得回家了，你们慢慢喝。”我想，日起鬼哦，反正睡不到咯，回去就删掉他的微信。

“我能去吗？”

“什么意思？”

“我能去你家吗？”

我愣了愣：“我不会和你上床的。”

他歪着头想了想（他歪头的样子让我想撤回上面这句话），好像下了很大的决心：“那就不上床好了。”

“那你去做什么？”

“不知道，随便做点什么。”

"为什么？"

"不为什么，很无聊。"他指指角落里那些大呼小叫玩骰子的人。

我答应了，不答应非常难，不信你拒绝一个歪着头的梁朝伟试试。我们沿着河，走了长长的路回家，风吹过芦苇，黑暗中似乎有漫天草籽，谁都没有说话，他双手插兜，我一路觉得痒。

房子是一个小别墅的一楼，一室一厅，小小庭院。我们从庭院的门进去，我示意他不要说话，房东就住在楼上，他就把脚步放得很轻。我喜欢他轻轻走路的样子。我大概喜欢他所有样子。

房间就是那种花花绿绿的东南亚风情，好像男人一进门就应该脱得精光，裸体向下等待"马杀鸡"。他没有脱得精光，自顾自进了厨房，然后拿出我唯一一瓶朗姆酒，问我："你喝吗？"

"做菜的酒，很糟糕。"

"没关系，料酒我也能喝。"

就这样，我们居然二话不说喝了起来。他开了窗，庭院传来栀子花的香味，月光在地上投影出一条银色长路，像要指引我们走到天上去。我偷偷看一次时间，又偷偷看一次时间，想反复确认，这个晚上啊，不过刚刚开始。

3

在那五分钟里，我涌起一种
值得为之献身的柔情

　　凌晨一点，我们出去买酒。一瓶酒喝得原来如此之快，我们都没有醉。不醉是一件很尴尬的事情，很多活动都不方便开展，又已经茫了，茫到有一点舍不得什么都不开展。倒不是说一定要怎么样，但长夜漫漫，给万事都保留一点可能性总是对的，于是我们决定再醉一点。

　　街的拐角有个二十四小时便利店。有五分钟时间，我们都没有说话，风鼓起我空空荡荡的裙子，又吹动他满头卷毛，他双手插袋，人字拖敲打石板，发出闷闷声音。在那五分钟里，我涌起一种值得为之献身的柔情，我甚至不敢开口，生怕一开口，那股柔情便倾泻一地。

　　他拿了两提啤酒，我选了几种零食，牛肉干，麻辣小鱼，一袋子龙眼。已经付账出来了，又回头去买了两罐冰淇淋，我选香草，他选朗姆葡萄干。

我们坐在路边长椅上吃冰淇淋，他咬着塑料勺子说："泰国挺好的。"

"嗯？"

"欧洲也挺好，就是待着总怕浪费。"

"浪费？"

"就是你总得干点什么，逛博物馆，看教堂，去很好的餐厅吃饭。泰国不用，在泰国就这样也很好。"

我有一点受伤，被他划入"就这样"的范围给人一种不能翻身感。如果我们相识在罗马，一切都会不一样吧，在某幅拉斐尔面前，画中少女有象牙色皮肤和湛蓝双眼，他转头看见我，长发又浓又密，涂了阿玛尼粉底，没有雀斑。

然而我并没有去过罗马，我只去过伦敦和巴黎。伦敦非常冷，巴黎满地狗屎。纽约可能要好一点，如果是在秋天。但我在纽约认识不了什么男人，一年四季都是如此。前男友说起来可笑，我们是豆瓣网友，认识是因为给同样几本冷门书点了"想读"。他给我留言，问我要不要一起去法拉盛吃假冒的小肥羊，当然是要的，我想死小肥羊了。我们约在缅街的公交站，他迟到了五分钟，赶过来时看见我哆哆嗦嗦，站在一排迎风飞扬的粉红色棉毛裤下面。

回到家我们继续喝，把啤酒放在冷冻室里，拿出来时有一点点冰碴儿，我吃了很多牛肉干和麻辣小鱼，又辣又咸，于是喝了更多酒。实话实说，还没有到三点，我已经醉了。也不是非常醉，正好醉到想睡他又不怎么敢的程度，我认为这种程度非常合适。

他却酒量很好，眼睛越喝越亮，到了最后，像深蓝色天空中的一颗星。想到这么恶俗的比喻，是因为喝到三点，房间里温度一点点上升，开始我以为是自己身体有什么难以启齿的反应，后来才发现，空调坏了，我们起码吹了一个小时热风。

就这样，我们决定到院子里喝，顶头对住悠长银河。没有桌椅，坐在碎石铺成的小路上，两旁种着团团绣球，这种花分明没有味道，我却被熏到头晕。院子里也不凉快，起码有三十度，我们都能看到对方额头上的密密汗珠，暖风拂过身体，像一只难以自控的手，像我不知道怎么回事，放在他大腿上的手。

"这花挺贵的。"他忽然说，把我的手拿开。

"什么？"我又把手放了回去。

"绣球，北京市区要五十一枝，通州的花卉市场也要三十五。"他又把我的手拿开，摸了摸一朵蓝色绣球。

"你住北京？"我没有再固执地把手放回去，也就这么点酒，并没有醉到可以持之以恒厚着脸皮的程度。

他点点头，仰面躺下去，望着星空："十八岁就去了。"

我也躺下来，小石子有点硌人，但却让人非常安心："我也是，上大学，你在哪儿读书？"

　　"一个破学校，在万寿寺那边。"

　　"挨着动物园？"

　　"你也知道？"

　　"谁不去动批买衣服？"

　　他笑起来："一百块三件。"

　　"三件？七件我都买过。"

　　"背心吧？"

　　"也不能这么说，个把件也有袖子，要是运气好，撞上有领子的也说不准啊。"

　　他又笑了："你挺好玩的。"

　　我凭空翻了个白眼："你以为？还不是为了吸引你的注意。"

　　话都说到这一步，他还是没什么反应，不过笑笑说："那你再努力努力。"

　　太纯熟了，像身体里早植入了一套固定程序。我有点失望，却又感到理解，长了这样一张脸，怕是什么场面都经历过，我就算当场脱了裙子，他可能也能熟练应对，让我穿回去。

　　这样也好，这样我就不至于真的当场脱了裙子，而我本来确实想这么干来着。

　　我好奇起来："喜欢你的人很多吧？"

他伸手去拿牛肉干："你说什么人？"

"女人啊，男人也算。"他要是喜欢男人倒是好，让面前这一切有个过得去的解释。

他想了想："有一些吧。这么说过的人倒是不少。"

"别人说喜欢你，你就这反应？"

他意兴阑珊："能有什么反应，也不能当回事。"

"为什么？"

"因为最应该喜欢我的人，也没有怎么真的喜欢我。"

"你说谁？"

"也没有谁，"他坐起身来，把空啤酒罐捏瘪，百无聊赖的样子，"你知不知道有个作家，叫王小波。"

我又凭空翻了个白眼："你是不是以为我是个文盲？"

"他这么有名？我倒是不知道，我身边的人都不怎么读书。我大学读过他一本书，也就那么一本，是因为那本书就叫《万寿寺》。"

"哦，那本，那本写得一般。"

"乱糟糟的，我读来读去读不完，就记得一句话，'我既可以生活在这里，也可以生活在别处'。"

"你想说什么？"

他还是把那个啤酒罐捏来捏去，突如其来地，他显得非常不开心："也没什么，我就是一直记得这句话。"

"你不喜欢北京？"

他又躺了下去："说不上，哪个城市都差不多，就像王小波那句话。"

我迟疑了一会儿，才问他："那人呢？是不是哪个人也都差不多。"

他闭上眼睛，翻身侧过去："好像是这样。"

月光银白，让睫毛在眼下投出阴影，有那么一个瞬间，他像是毕生都活在这小小阴影里。我坐在旁边看他的侧脸，下了五分钟决心，终于确定，这是一个我无论如何不想错过的夜晚。

我推推他："喂，我能不能收回那句话。"

"什么话？"

"就是那句呀，我说不会和你上床那句话。"

4

我们都太贪婪了，想要火焰，
想要星星，想要爱

五月底，夏日将至，我通过了博士答辩。

我说的是那一年之后的五月。在泰国那个春天像是一个新纪年的起点，岁月从此开始，余生我都会以"那一年之后"或者"那一年之前"计算时间。

我们这种专业，不进大学做研究是没有什么出路的，我运气不错，在波士顿找到一个博士后的位置，可以过渡一年。反正我的生活从来就是这样，过得一年是一年。我预定了剑桥的小公寓，在 eBay 上买了几件二手家具，让那边的朋友帮忙先堆进房子，打算七月底就搬过去。这一年我也有过一个男朋友，十月底开始，三月初结束，正好覆盖整个取暖季。那个冬天我非常穷，几乎付不出电费，有男朋友的晚上，就可以把温度调低一点，也许他也是这样想。

他是个好人，吃完饭总抢着洗碗，每到周末，特意坐车去唐人街给我买两块钱一饭盒的卤鸭翅。我也是个好人，做完爱不逼着他洗澡，几次看到他用陌陌找附近有什么中国姑娘，也没有戳破。

我们都挺好的，只是我们都没有爱上对方，真的非常遗憾。

农历新年那两天，纽约下了冬天的最后一场雪，我们从第五大道走去中央公园滑冰，经过卡地亚和蒂芙尼，橱窗太美，我们就停了一会儿，在钻石闪出的幻彩中看到对方的脸。应该就是在那个瞬间，我们都明白，这是行不通的，爱是无比确定的一件事，并没有什么语焉不详的含混地带。爱和眼前的钻石没有什么关系，说到底，爱和眼前的一切都没有什么关系。那天滑冰时我们也一直牵着手，但就在那个晚上，我们心平气和有礼有节，分了手。

在找房子搬出去那几天，他一直睡在沙发上，晚上我们一起看《国土安全》，看完吃楼下的比萨外卖，他把比萨上头的萨拉米都拨给我，和过去半年并无二致。和这样一个人生活是没有问题的，我也是在那个时刻才确定，我们渴望的并不是生活，我们都太贪婪了，想要火焰，想要星星，想要爱。

拿到 offer 后又把生活杂事处理完，我也高兴了几天，独自去法拉盛吃了极辣的麻辣香锅，假的满记甜品，又和几个朋友租了一辆房车，沿着哈德逊河一路往北，开到熊山。熊山就那么回事，清晨出发，中午爬到鹿角那里拍照，到了傍晚，我们搭好帐篷，用酒精炉煮辛拉面吃，拉面里放了两片芝士，那味道浓郁到真的可以招熊。就着拉面、午餐肉、茶叶蛋和大量酒精，我们都醉了，是那种没有什么商量的醉，等我再醒过来，已经是半夜。

酒醒之后口干得要命。虽说是七月，山上还是冷，我裹了两条毯子，在帐篷外找水喝。有个同行的姑娘也在外头，她把毯子铺在地上，看一会儿星星，又刷一会儿手机。

一口气喝完一大瓶水，我失去睡意，坐在她边上点了一支烟，问道："你一直没睡？"

她也不理我，还是看着手机："睡不着，你们全打呼。"

"喝醉了谁不打呼？"

"还好意思说，就那么点酒，也值得醉？"她边上一排啤酒罐，还有一包洽洽香瓜子，瓜子壳起码塞满了三个罐子。

大家都知道她最近不怎么开心。她和男朋友在一起几年，是吃火锅也要在电磁炉底下牵着手的一对，临近毕业却也分了。男朋友要回国，她要留下，就是这么点屁事。很奇怪，大家都做好了千辛万苦千难万难的准备，最后横亘在面前的，总是一点点不值一提的屁事。我们以为会经历战争、饥荒和瘟疫，但没有的，我们没有这种运气，我们只是始于爱情，终于屁事。

她又开了一罐酒，我伸手抢过来："别喝了，胃出血谁送你去医院？这里可全是酒驾。"

"死了好。"她把酒抢回来。

"要死也不能这么死，不痛的死法很多的。"我去年喝成胃穿孔，在医院跪下叫医生爸爸，求他给我先开点止痛药，爸爸没有理我，大概因为我说的四川话，等做完 CT 进手术室的时候，我已经被不知道谁扒拉成裸体，昏了过去。那天晚上我想了一万种裸体的可能，却万万没想到这般结局。

"不痛的死法没有意思。"她冷冷说，又喝了一大口。

"嘿，你这个人，要有意思干吗不去卧轨？走，右拐五百米就是铁路。"我又试图去抢酒，她用另外一只手挡了挡，谁知手机屏幕朝下啪地掉在了石地上。

我惊得赶紧去捡，八百美元啊，在这时候四舍五入对我来说就是全部可支配财产。手机翻过来，果然屏幕碎成五六七八片，就这个样子，我还是认出了屏幕上网易娱乐新闻里的男人，穿一件土里土气的中山装，单眼皮，大鼻头，笑起来眯眯眼。

我发着抖："这是谁？"

"谁？"她凑过头来看了看，"不知道，是个明星吧？"

"明星？"

她指了指标题，《蓝轩三试〈红高粱〉：好演员遇到好机会》："你没看到，叫蓝轩，还是和影坛一姐一起演戏呢……咋了，一见钟情了？"

我愣了好一会儿，点点头："是啊，一见钟情。"

　　她把手机拿回去，又看了看："一般啊，和吴彦祖怎么比？最近是不是有点饥渴啊你？……算了，手机也不找你赔了，知道你没钱，我拿去法拉盛换个屏，也就五十美元……你那个博士后什么时候开始？"

　　我的博士后明年八月开始。七月底，我带着两个箱子，随身小包里放一本网上下载又自己打印出来装订好的《万寿寺》，就这样回到了北京。

5

星星、绣球和啤酒结束于
肚子上的洞和导尿管

　　我也想住在万寿寺旁边，但那边很贵，而我根本没有钱。我找前男友借了机票钱，因为回得仓促，单程要一千美元，他直接帮我订完票，说，真希望我也有这么一天。

　　哪一天？

　　愿意为一个人花一千美元买单程机票的那天。

　　就是和我一起省电费的那个前男友，他留在纽约，在华尔街找了个工作，也不知道是分析师还是程序员。这么说起来，我根本不知道他学的是什么，我疑心他对我也是这样，这件事他从来没有问过，很多很多事情，我们都从来没有问过。我们觉得问多了似乎很俗气，但说到底，爱就是俗里俗气一件事，我们不想俗气，那些甚至无法被定义为爱的热情就这样空空荡荡，冷了下去。

走之前他送我到肯尼迪机场，我以为送的意思是一起坐机场巴士，他可以帮我拎拎箱子。早上八点，我把箱子拉到路边等他，谁知道他开着一辆丰田，在我边上停下来。

我惊呆了：你神经病啊，谁会在纽约养车？

他说：我不住在纽约了，我住在新泽西。

为什么？

我家里给了我首付，我买了个房子。

你买房子干什么？

他替我把箱子放进后备箱，摸摸我的头：大家都会买房子的，都会住到新泽西，买部丰田，大家都有这么一天。

我上车系好安全带：我不会。

车开到法拉盛草地公园，远远看到世博会那个破破烂烂的球，他终于说：我觉得你说的是真的，你不会。

上飞机前他给了我两千美元：别谢我，你现在一共欠我三千。

我抱了抱他，这些年我们都算睡过一些人，我们都很清楚，这个人和那个人是完全不一样的，不管是在床上，还是床下。在床上我们也就是萍水相逢不过如此，但在床下，我想我们都生出一点知己之意。

靠着这两千美元，我在北京混了三个月，住在各种短租房里。最远的一套在密云，每逢面试，我进城往返需要七个小时，我不大在乎这些时间，我的时间并没有更好的去处，我又不可能发财、出名或者创业。我回来就是因为打定主意，要把这一年虚掷，一个女孩子要成年了，这是她最后的孩子气。

地铁和公交都是这样，开始人很多，后来渐渐少下来。我有了座位，就坐下来刷手机，我看了很多他的新闻——几乎是每一条新闻——终于慢慢接受了这件事：那个和我躺在星空下喝酒的人，那个眯眯眼的蓝房子，他啊，真的是个明星呢。

原来他在那个泰国小镇接受了一次采访，采访中他说到河边的风，无所事事的游客，美味而廉价的当地咖啡。他晒得黝黑，穿白背心，花裤衩，正是我们认识时的那身。他推着一辆自行车，和主持人一起从桥上走过，这一头，走到那一头，镜头一直跟着他的脸，无端端地，我觉得他不是很快乐。

我把那个视频反反复复看了起码二十次，试图从当中找到一点点关于我的影子。

我没有找到，当然。

我根本不重要，也许。

他早把我忘了，可能。

管他呢，拉倒。

老子不在乎，放屁。

就这样，我一直面试和娱乐圈有关的工作，十一月初，居然真的找到一个，给一个娱乐公众号写稿，底薪六千，写一篇"10W+"加两千块奖金。公司在北边一个远得不得了的人工湖旁边租了一个小别墅，十几个人，都就住在里头。我分到三楼朝北的小房间，这地方本来被当作储物室，只有七八个平方，除了床只有一张小桌，暖气也不足，但落地大窗正对着湖，我就总看着湖面写稿，研究李小璐的婚姻、杨洋的绯闻和易烊千玺。隔行如隔山，我夜以继日补课，才勉强跟上了国内饭圈的话语体系。在那个时候，湖已经完全冻上，铅灰色的冰层让一切显得更冷，深夜我裹着棉被式羽绒服在边上抽烟，冰中有一个含糊月亮。

那天其实也有，只是在水中。我记得很清楚，他气喘吁吁，背着我往医院跑的时候，经过蓝房子面前那条河，风吹开岸边芦苇，显出水中月亮。迷迷糊糊中我想，这里还不错，早知道我们应该来这里，喝酒、散步，躺在芦苇丛中聊万寿寺，让一切更加顺理成章地发生。

本来是马上就要顺理成章了。嘴都亲过了，正准备躺下，石板是有点硬，但都这个时候了，硬也有硬的好处。

他俯下身子凑上来，我有点激动，忽然嗷地叫了一声。

他笑出声：你这样是不是过分了？

我又嗷了一声，按住肚子：不是，我好疼。

他有点明白了：哪里疼，胃还是阑尾？

我在肚子上胡乱画了个圈，哭出声来：都疼。

他慌里慌张，把裤子穿上。对的，他连裤子都脱了，我却在这里嗷嗷直叫，还不是我们都期待的那种嗷嗷直叫。

接下来的事非常混乱。我只记得自己扑通一声跪在医生面前，想求他给我止痛药。医生不肯，叽里咕噜说了什么，我又扑上去，想揍他，没揍着，扑空之后又跪了，迷迷糊糊中我还记得自己用尽全身力气骂了一句：日你个仙人板板！

后来，后来我就晕了过去。

等我醒过来，全身赤裸，裹在床单里，肚子上插了四根管子。他坐在我旁边，拿着一本书，我一看书名，《南怀瑾与彼得·圣吉：关于禅、生命和认知的对话》。

我挣扎着想爬起来：这本书不行。

他抬起头：还疼不疼？

我到底怎么了？

胃穿孔，医生说了，一肚子都是没消化的小鱼和牛肉干。

医生说话你听得懂？

我们那边有个本地导游，他过来做的翻译。你以前就有胃病？

麻药的劲过去了，我一点点感觉到那几根管子插得很深：可能吧，现在谁没有胃病？

他起身拿棉签蘸水，擦了擦我的嘴唇：你这两天都能不喝水，也不能吃东西，一周后才可以喝粥。

我沉默了一会儿，在被子底下摸着自己汗津津的裸体，怀着最后的侥幸：我的衣服……

他指指床头柜：都在里面，你的内裤不好脱，只能剪了。我给你买了几条新的，也不知道合不合身。对了，没给你插导尿管，要是想上卫生间，就叫护士帮你。

如果我一辈子有什么生不如死的瞬间，那应该就是此刻。一个以星星、绣球和啤酒开始的夜晚，最后却结束于破碎的内裤、肚子上的四个洞和导尿管。我想当场给命运跪下，但轻轻一动就发现，我跪不下来，伤口痛到我对命运服气。

他打了个哈欠：我得走了，我们明天的飞机回国，你别担心，我给你请了个懂中文的护工，钱我已经付过了，医药费也是，泰国的医药费倒是不贵。

护工的中文说得不好，十天后我出院，给了她一点小费，她很高兴，说：谢谢老板，欢迎再次光临！

我摸摸肚子上的纱布：别，你别这么客气。

我在湖边想到这些，实在没办法，一个人笑了很久。月亮看见了一切，就像那天的月亮。

我哆哆嗦嗦拿出手机，一年多以来第一次给那个人发了微信：我在北京。

然后我迅速关掉手机，关了整整三天。再开机的时候，北京正在下今年的第一场雪，雪下得像雨，让窗外看上去仿佛四川的冬日，潮湿，昏暗，连风都是轻轻的。一切都有点害羞，在等待什么结局。

手机里来了一百多条未读微信，我一条条看下来，忍到最后才点开他的。

他说：我也在，你住哪里？我过来。

我第一次等他回微信等到半夜四点。但这一次，他只隔了一分钟。

6

如果我眼前还有火焰

我又熬了整整一天才和他联系，慎重地选在了晚上九点。如今的我不一样了，如今的我有了新的人设：矜持、冷淡、独立、自信，还刚去复查过胃镜。我把皮肤养白了起码两个色号，头发不长不短。我未雨绸缪，洗澡、去角质、脱毛、做面膜，穿上性感而不失庄重的内衣，又套上庄重而不失性感的家居服，自问万无一失，这才发了微信：手机前几天坏了，刚看见。

他立刻拨了语音过来，我明知什么也看不见，还是紧急照了照镜子，然后清清喉咙：喂，喂，喂，是我，听得见吗？听得见吗？

电话那边非常吵，他声音极大，几乎像是在和谁生气：

听见了！你在哪里？

我在北京啊。

我知道，北京哪里？

海淀，海淀最北边，有个湖的那边。说是海淀，感觉比昌平还远。

说完我开始担心，他有驾照吗？他有驾照以及摇上号了吗？如果没有，他会嫌打车六十公里太贵吗？而坐地铁又太远？最近的地铁站还有三公里，最后这三公里怎么办？我是不是应该现在就骑车去地铁站等他，糟糕，我的自行车刚漏了气。

一万列火车轰隆而过，要把我带去一万个有他的终点。然而他只是在轰隆声中继续大吼：我不在北京！我刚到杭州！这个月都回不去！你在北京能住多久？

所有火车都停了下来，停在一万个半途而废的中转站。

日起鬼哦，我想。原来这就是缘分，不，这就是没有缘分。可能前两次偶遇就是我们所有的 serendipity（机缘巧合），上帝给我的只有这么多了，但我并没有感到失望，上帝给一点，我就接住一点。我买一千美元的单程机票飞回北京，不是为了缘分，是为了那一点我曾经以为不过是出于性欲，却不知怎么回事，迟迟不肯熄灭的火焰。

我盯着他的头像，还是那只黄猫，更胖了一点，蹲在墨绿沙发上，胖墩墩地揣着手，也像在等待。所有黄猫最终都是会胖的，所有火车最终都会抵达终点，我有什么可着急的呢？如果我眼前还有火焰。

我一直都在北京，我说，挂断了语音。

我在家居服外套上羽绒服，去湖边抽烟。三天前的雪下得不大，但那么一点点雪，却也一直不肯融化，留在树梢和湖面，我在所有的雪上都看见了熊熊火焰。

我安下心来，回到卧室里写稿，一写就是大半夜，睡前我往窗外看了看，雪还在那里，火焰也是。

微信在那个时候响了，打开是酒店的雪白被套，上面有一本书，《人生的起点和终站》，他的手放在封面"南怀瑾"三个字那里。

我摸着肚子上做手术留下的三个凸起的伤疤，不由笑起来：这本书也不行。

他说：比上次那本好点。

我把床边的《万寿寺》拍照发给他，回北京后我去书店，买到一个 2013 年的版本，封面红彤彤的，像在过年。

他很快回了：这封面怎么回事，又不是过年。

我又笑起来，无比明确地感到火焰在往所有不确定的方向蔓延，四处都噼里啪啦，像在过年。但我只是强装镇定：我要睡了。

我再看会儿书。

晚安。

晚安。

那就是创世的第一天，起先是空虚混沌，渊面黑暗，有人在乌漆嘛黑的混沌中大吼一声，日起鬼哦咋囊黑哦，要有光嗻！往后便有了光。每到深夜，我们就在光中闲聊。

他不怎么说起自己的工作，但他也知道，我什么都知道了：他是个明星，有点红，又没那么红。这件事让我们都有些尴尬，如果他谁都不是也好，那眼前这些就是爱在黎明破晓前。如果他真的是梁朝伟，那就是诺丁山。但他夹在两者之间，我找不到自己的剧本，不确定如何往下演。是以后的剧本都得亲自写吗？我有些慌张，我习惯了既有的剧本，读写好的台词，脱稿不啻为一种裸奔，但从胃穿孔那个夜晚开始，我一路裸奔，直到现在。

我问他：工作好玩吗？

有时候还可以。

不好玩的时候怎么办？

那我就想，这个能挣钱。

现在呢？现在的工作好玩吗？

能挣钱。

我希望他多问问我的事情，那样我就可以把从小到大的一万个第一名絮絮叨叨讲一遍。我还让爸妈把家里的一万张奖状一一拍照，给我发了个巨大的压缩包，以便宣讲时可以图文并茂，铁证如山。当然不是觉得这些狗屁真的有什么了不得，而是生平第一次和一个男明星搞暧昧，我的心啊，他妈的一天比一天慌张。

但他对我的学霸生涯毫无兴趣（确实，谁会有呢？），他只是问：你不是博士？为什么回来做这个？

我坦白得要死：为了你啊。

他说：哦，钱多吗？

不多，钱很少。

那你可以做点别的。

会的，我迟早得回去的。

回哪里？

美国啊，我还要读完博士后，再找个工作。

你不是说你一直在北京？

不是那种一直。

那是哪种一直？

一直到明年，那边的 offer 可以延一年。

他沉默许久，发过来一个表情包，一只胖胖的粉红小猪扭头过来：哦。

那只小猪之后，他消失了几天。于是深夜就是深夜，不再有什么光，我把卧室里所有灯都关上，在黑漆漆的角落里写稿。

明星都很忙的。写完稿我煮了二十个速冻饺子，蘸老干妈的时候对自己说。

他不是在拍戏吗？吃完饺子，我洗澡、吹头发、敷上面膜，对着镜子说。

可能是没看手机？九点起床，我发现自己死死抱着手机，最后一次对自己说。放啥子屁哦，现在谁会不看手机？连狗都快要看手机了！我生起气来，化了全妆，穿上尖头靴子，决心去城里看一看。

出门遇上邻居家的狗，一只雪白比熊，女主人坐在湖边长椅上笑眯眯看手机，小狗蹲在她的肩上，笑眯眯盯着屏幕。

小狗一定是收到了微信，我却还没有。骑车去地铁站的路上我停下来三次，反复查看手机，结果只看到老板在工作群里圈我，说我既然都进城了，不如去三里屯参加个内部首映。

公司经常接到首映邀请，但我们住得太远，基本没人想去。老板整日在群里吆喝，彭于晏啊同志们，井柏然啊朋友们，陈伟霆啊各位亲。

大家纷纷说，有什么用啊，那么远看一看，又不能和他们谈恋爱。

我在群里没说什么，但心里自然有点得意，把他的微信翻出来，看了又看，心想：也不一定的哦各位亲。

但那些微信都是好久以前的。我内心怅然，骑到地铁口，上了十六号线，再换四号线和十号线，出来后再走路二十分钟，全程耗时三个小时十分钟，终于抵达太古里那家著名的优衣库。

阳光好得不得了，三里屯人山人海，男人和男人当街舌吻，网红们在对着一万个镜头跳舞、劈叉和侧手翻，我像个傻子一般津津有味看了许久，吃了豆浆和饭团，这才进电影院。

电影是个全程笑不出来的喜剧片，场内一片死寂，每个人都在专心致志看手机。我为了忍住自己不查微信，在手机上看了一篇黄色小说，看到两眼绿光，正是如胶似漆之时，忽然听到稀稀拉拉的掌声，片子终于放完了。

走出电影院，我看见负责对接新媒体的那个宣发面如死灰，一个个求大家先不要写稿、发微博和上豆瓣，又一个个塞信封过来。那个宣发之前和我联系过，现在才看见是个清清爽爽的小男生，二十五六岁的样子，留郭富城式分头，像古老年代的那种校草，我正想回忆一下《情书》里的柏原崇，转头看见他站起来，黑色卫衣上面两个红色大字：傻×。

轮到我拿信封，我有点不好意思，说：我就不要了。

小男生吓得要死，以为我要大义凛然为人民揭露烂片，他又塞了一个信封过来，低声说：姐，算我求求你了，你打个一星我就要扣五百块钱，你写个公号我就失业了。

我拍拍他的手：放心，我回去跟老板说我就没看，我确实也没看。

他擦着汗连连点头：没看好，没看好，真的没什么好看。

我们都笑起来，他低头看了看名单：黄榭？

我点点头：黄房子。

他哦了一声：三里屯就有一栋黄房子，黄房子好看。

他看着我的眼睛，我并不是没有注意到这点，但我只忙着心里想：还有蓝房子呢，蓝房子更好看。

他伸出手来：你好，我叫洪雨。

活动就这么乱糟糟结束了，信封大家都拿了，但大家都很聪明，什么也没答应。他们走了之后，我还蹲在厕所里，就看见豆瓣上出了第一波一星，打分也出来了，3.5。

从厕所出来，洪雨垂头丧气坐在海报底下，像是为胸前鲜艳的"傻×"二字当场注解。

我不忍心看着好好一个郭富城，就这么被生活锤得稀烂，不由脱口而出：喂，要不要一起吃饭。

他抬起头：我没有钱，我扣了好多五百块。

我感到唏嘘：我也没有，但我们可以吃便宜一点。

他又低下头：心情不好，不想吃便宜的。

我叹口气：那怎么办？早知道刚才就把那信封拿了。

他眼睛亮了，拍拍屁股站起来，从卫衣口袋里掏出一个信封，又一张签到单，递到我面前：你三个小时前签的字啊。

就这样，我们决定去一家著名的日料。走回地面，这才发现下雨了，雨下得太急，连太阳都没有来得及避开，我们都看见一场红色大雨，落在黄房子上面。

7

我们都心事重重，却胃口极好

毛豆，梅酒，芥末章鱼，鮟鱇鱼肝。两杯麒麟下去，我加了个烤蟹黄，有一点想念眯眯眼。

洪雨不是眯眯眼。电影院里光线昏暗，我现在才看仔细，他浓眉大眼，双眼皮深得像开了个欧式，鼻梁高挺，皮肤似玉一般白。

我们没什么话说，就这么闷头闷脑喝酒。他伸出手剥毛豆，一双手被碧绿豆荚衬得更是又嫩又白，我没忍住：喂，你用些什么啊？

他本来在专心吃毛豆，一下睁大眼睛，露出小鹿般受惊神情。我心里嗷的一声：这两年怎么回事？怎么总遇到祸国殃民的妖精？是女娲娘娘的旨意吗？但我一个普普通通的失业女博士，怎么配得上一个两个的苏妲己？

苏姐己二号一脸茫然：什么？

我指指他的手：你用什么护肤品，你怎么这么白？

我以为到了苏姐己这个级别，都会说自己用大宝和郁美净，但他老老实实列举出来：今年吗？今年洗脸用雅诗兰黛红石榴，乳液用雪花秀，精华用 CPB 光透白，冬天加一层 LAMER，一年四季都用神仙水，面膜随便用用日本和韩国的开架牌子，省点钱。

我差点跳起来：你不是说自己没钱？

是啊，每年护肤品都是五六万，还得租房，哪里还有钱。

我喝了一大口冰啤酒压惊：你到底干吗的？

他叹口气，把豆荚拿在手里玩来玩去：看起来是个影视宣发。

其实呢？

其实我是个演员。

我笑出声：我以为周星驰才这么说话呢。

他认认真真说：周星驰没我长得好看。

这倒是真的，我点点头：你是长得好看，你一定会红的。

他又叹口气：大家都这么说。你说，那会是什么时候？

你演过什么？我回去看看。

他列了一堆网剧，然后叹口气：你不会看的，也找不到我。

我说：我会找的，我会努力找到你。

他有点感动：谢谢……人生好难啊姐姐，我们就得一直这么等着吗？

我拿出一言不发的手机看了看：是啊，就得一直这么等着。

　　我们又点了清酒、牛肠锅和炸鸡。牛肠咬不大动，炸鸡倒是又脆又嫩，我们都心事重重，却胃口极好，把牛肠锅里最后一根韭菜也捞完。

　　老板送了我们一人一份柚子冰淇淋，柚子味浓极了，洪雨吃着吃着突然说：这个真好，好像是在夏天。

　　我看着窗外，那场红色的雨早就停了，空气中甚至没有留下一丝水气。月光下是一点商量都没有的冷，白雾在枯树和枯树之间萦绕，树下有穿着厚厚羽绒服、用围巾裹住大半张脸、看起来冷得不得了、却仍在等待的人。他们看起来真是勇敢啊，尤其一阵风吹过的时候，连树都摇摆不定，他们却还是等待。

　　我想起我们的相识，四月，一个提前的夏天。我们都穿着短裤和拖鞋，我看见他长长腿毛，他看见我满脸雀斑。夏天好像让人变得勇敢，一个人可以从太阳和暴雨中接收勇气，但冬天就不一样了，冬天让人退缩、犹豫、婆婆妈妈，让人连手机都不敢看。

　　洪雨拿出信封里的钱，买了单，又把剩下的两百给我。我摇摇头：你自己留着吧，买两盒便宜面膜。

　　他很坚持：那我成了贪污公款。

　　我把钱接过来，再递回去给他：这就不算了。

　　他想了想，果然想通了，把钱收了起来。他想了想又笑：

这样好像我们有什么金钱关系。

我说：金钱关系挺好的，金钱关系最简单。

我们都裹上白色羽绒服，像两个胖嘟嘟的汤圆。汤圆和汤圆一起走到地铁口，他走六号线，我走十号线。我们本来应该在三环辅路上告别，另一个汤圆突然黏了上来：姐姐，要不去我家，我室友进组了，这个月都回不来。

我愣了愣才确定他不是开玩笑：去干吗？

他耸耸肩膀：都可以。打牌。打游戏。看片。上床。看你的意思，我都可以。

我笑起来：你倒是很随和。

他点点头：是啊，我很随和的，我以前女朋友都这么说。

我摇摇头：但我比较麻烦，我不是很随和，我要求比较多。

他露出欲欲跃试的神情：我可以的，以前女朋友也这么说。看得出来。

他眨巴眼睛，长睫毛扑闪扑闪：那为什么？

我叹口气：我也不知道为什么。再见。

我走了很久才回头，见他正在扫一辆共享单车，那里离东大桥也就五百米，但他显然是要去别的地方，他对这个晚上还有别的安排。他多年轻啊，年轻的时候我们想去的地方很多，但现在我一次只想走一条路了，该回家时我就回家，就像该来北京时，我想也未想就飞过来。

回家又是三个小时，洪雨发来微信：姐姐，我们还会再见的吧？

谁知道，等你红了，我可能会来参加你的首映。

那不是要等很久？

也许吧。

那不行，我不会只是等着，我不是这种人。

地铁里信号不稳，我就没有再回，拿出 Kindle 重看一部男主苦苦等女主十六年的小说——也就是说，《神雕侠侣》。

起先我也看得专心，后来慢慢慌张起来：啥子？我就要一直这么等着？日起鬼哦，你晓不晓得老子是哪个？老子咋子可能是这种人哦？咋子可能一直囊个等哦？

我当场下车，在站台上来回奔波，找到信号最好的地方，给他拨了电话。

好一会儿才有人接，声音像一根线飘忽不定，听起来像在什么旷野之中。但他不是拍时装偶像剧吗？什么偶像剧要去旷野？偶像剧也能拍野合？还是说，他自己要去和人野合？

正好有地铁进站，我于是竭尽所能大声说：喂，喂，喂，是我，是我，能听见吗？

那边的声音无奈中带着一丝不耐烦：听见了，你吼什么吼。

我有点不好意思，又有一股甜丝丝：你在干吗呢？

我在开车，等会儿找你。

我不敢再上地铁，只能原地等候。杨过终于发现小龙女是在绝情谷底养蜜蜂，我脑子里涌进来一万只蜜蜂：所以他会开车？他为什么现在开车？拍偶像剧为什么要半夜开车？他是不是开车去野合？他要和谁野合？

电话一直没有响，我担心错过末班地铁，只好又上了车。地铁里空空荡荡，我读到神雕的结尾，杨过朗声说道："今番良晤，豪兴不浅，他日江湖相逢，再当杯酒言欢。咱们就此别过。"说着袍袖一拂，携着小龙女之手，与神雕并肩下山。其时明月在天，清风吹叶，树巅乌鸦呀啊而鸣，郭襄再也忍耐不住，泪珠夺眶而出。

出了地铁，发现外面一辆共享单车都没有。明月在天，清风吹叶，树巅乌鸦呀啊而鸣，我再也忍耐不住，眼泪夺眶而出。真是越想越气啊，我在这里自比郭襄，你在鬼知道哪里和人野合。

我可以打电话给老板，让她开车来接我，但不知道在和谁赌气，我决心走三公里回去。

开始确实觉得冷，后来渐渐也没了知觉，沿途遇到两只狗、三只猫、四只疑似的猫头鹰、八个巨大的垃圾桶和无数只乌鸦。在我以为无论如何熬不过去的时候，终于看见我熟悉的湖。

湖还是那样，烟灰色冰面下，有一个烟灰色的弯弯月亮，公司那栋别墅看起来就在月亮的尖上。我正想往月亮走去，电话突然响起来，这回他的声音实在、清晰，不再像飘荡于旷野之中，他听起来真近啊，近到就像在月亮上。

他说：他妈的你说的到底是哪个湖啊？

8

我开这么远回来看你，
你就想到帕萨特

我站在湖边等了很久。我可以进屋去等，但屋子里灯火通明，而我担心灯光一亮，灰姑娘就没有南瓜车。

王子没有开南瓜车。王子开一辆很破的捷达，按理应该是银灰色，但车身四处掉漆，车灯鬼鬼祟祟，在雾气弥漫的黑夜中闪烁。王子从破捷达上下来，穿一套齐齐整整的藏蓝色西服，正装皮鞋本来锃亮，但一下车就踩进泥坑，借着车灯那点微光，我看见他头发梆梆硬，一丝又一丝立在白雾之中。

王子从泥坑里冉冉升起，宛如一个海淀边境的维纳斯诞生于泡沫。我远远就笑起来：你咋回事，怎么穿成这样？

维纳斯找了块石头蹭鞋，瞪我一眼，又抖抖袖子：片场直接过来的，阿玛尼知道吗？

我看看他的西服：这是前几年的款吧？你们剧组是不是有点穷？

他收拾好了鞋，终于走到我面前，过去两年的时间翻滚在我们之间，像一个等待毛肚和黄喉的火锅。我们都沉默了一会儿，好像都有点担心那些不可控制的东西，比如眼泪、比如真心，比如一种近乎恐怖的热情，但最终他只是搓了搓手，说：太他妈冷了，我们得找个地方坐一坐。

这附近根本没地方能坐一坐。我不能带他回公司，他虽然只是个半红不红的小明星，但公司里全是敬业爱岗的专业人士，以老板的性格，明天我就得亲手把自己写上头条："独家：新生代男星蓝轩与绯闻女友深夜密会京郊别墅！"

我告诉他，方圆三公里之内，除了一个卖芝麻烧饼的老头，就还有一家东北大酱骨。

他明显吞了吞口水：大酱骨挺好，我想吃大酱骨。

于是我们开车去了东北大酱骨。绕着湖走大半圈，再进一条窄窄小路，车外风声浩荡，我们一言不发。他规规矩矩开车，我规规矩矩坐在副驾驶，双眼直视前方，而前方黑咕隆咚，连鬼也见不着一个。像大家跋山涉水见面，真的就是为了这几斤大酱骨。

老板就住在店里，正收拾简易床想睡觉，见我们进去，就把酱锅又热上。店里挂了一台电视，正在放一部闹哄哄的连续剧，老板捞起酱骨头，一面切开，一面目不转睛盯着电视里头漂亮得不得了的杨幂。

他一出手就叫了三斤酱骨头，两瓶燕京纯生。老板端上来一个巨大铝制脸盆，又扔了几副一次性手套，转身就回到简易床上，拉开一罐普通燕京，继续看电视里的杨幂在喝什么桃花酒。

他脱下过季阿玛尼，又把袖子挽高，戴上一次性手套，当仁不让啃了起来。开始我还有点矜持，但酱骨头的香味迅速突破我的心理防线，我故作随意，拿了一块最大的。

他看了看我：你没吃晚饭？

我正在吸骨头里那一点点骨髓：吃了，吃好多。

他取下手套，喝了一大口燕京：我十几个小时没吃了。

骨髓香到腻人，我感到满足：为什么？

他看了看我：我一路上都在开车，就停了一次，实在憋不住了。

我呆呆地：你从哪里开过来啊？

他又啃了起来：杭州啊，不是告诉过你，我去了杭州。

我生出一股疼惜之情：你是不是没钱买机票了？我借给你，我刚发了工资，我有钱，你要多少？五千够不够？一万我也有，但给你一万，我下个月就有点紧张。

他露出无语凝噎的神情，又翻了一个白眼：经纪人不让我回来，把我身份证藏了，我只能开车。

我不知道想到哪里，智商在一阵慌乱下离家出走：你为什么不开个好点的车？

他满脸问号：你说什么？

我指指外面的捷达：这车也太破了，你是明星，开这种车不合适，你起码应该贷款买个帕萨特。

他忍无可忍：你脑子是不是坏掉了？我开这么远回来看你，你就想到帕萨特？

我吓一大跳，差点被酱骨头崩了牙，在一阵弥漫着肉香、狂喜和不可置信的眩晕之后，智商终于慢慢归了位：你是为了看我？

他闷闷地拿起另一块大骨头：当我没说。

好一阵时间，我们都没有说话，但一切都不一样了，这个破破烂烂的小店一瞬间像被佛祖、耶稣和真主齐齐开过光一般金光闪烁。他埋头啃骨头，我喜滋滋东张西顾，想找到人证留住此时此刻，但店里除了老板，甚至连耗子都没有。老板已经喝完啤酒，现在正坐在简易床上，裹一床大花被，面前摆一个画着粉红牡丹的大碗，一面剥蒜，一面看电视。大蒜的味道明确地在屋内盘旋，到了现在，连这个场景都让我感到快乐。

我几次试图引起老板的注意未果，只能也跟着看了一会儿电视。没话找话：杨幂真是挺漂亮的，眼睛好大。

他头也不抬：眼睛是大，腿也长，腰我看都没有一尺八。

我觉得自己现在还没有吃醋的资格，但不知怎么回事，一开口还是有点酸：你倒是很清楚。

他点点头：能不清楚吗，天天一起拍戏，一天见十四个小时。她下妆了也漂亮，眼睛还是那么大。

我被震住了：什么？你现在和杨幂一起拍戏？

他又点点头：拍了一个月了，还得再拍一个月，拍连续剧真他妈累。

我懵得不行：你怎么没给我说？

那天我不是说了我在拍偶像剧。

他确实给我提过一嘴，含含糊糊说女主角是"一个女明星"。我当时想，听起来像那种还没播出就已经糊掉的都市题材，大概是出于自尊心，他不想说太多，我还在深夜里油然而生一种疼惜：那种圈子，不红的人应该也很难吧，不知道他会不会在夜里哭哦，哎哟好造孽哦。

现在我快哭了：你只说了女主是个女明星。

他奇怪地看着我：杨幂难道不是女明星？

我急得不得了：这能是一回事吗？

他好像还是没想通：这怎么不是一回事了？你能说杨幂不是女明星？

我赌起气来，拿起一块啃过的酱骨头又啃了起来：你故意的，跟你说不通。

他也不说话，只一口口喝酒。肉骨头啃到最后，我们终于都感觉到了腻味，脸盆中凝固的白油甚至有一点恶心。饿急了的人，总是不知限度，吃得太多。但谁都没有办法，分明提前知道了结局，但谁能抵抗欲望呢，欲望是我们仅有的东西了，于是我们总是吃得太多。

最终还是我没忍住：喂，你是不是快红了？

他盯着易拉罐外面的一层水珠：经纪人是这么觉得。

所以他不让你来见我？

嗯。

他怎么说？

他说等我红了，这件事会很麻烦。

你觉得会吗？

会什么？

麻烦，我会给你带来麻烦吗？

他玩着那些啃过的骨头，在面前摆来摆去，想了好一会儿才说：会的，很可能会的。

活到三十年，我谈过七个比较正式的男朋友，其中两个没有上过床，三个分手是因为我的或者他的第三者，一个后来出了柜，还有一个倒霉到分手后还要借钱给我。七个男朋友，凑在一起打麻将能玩血战到底，在面前一字排开也像一支队伍，我和所有人都仍有联系，包括被我当街撞到和人热吻那个。对过去的恋情我们各有判断，但我一直觉得，我是个好人，他们也是，两个好人和爱情倒是没什么关系，但起码可以让一切没那么丑陋。我从来没有想过，有一天我会让别人觉得麻烦，好像一个运行流畅的系统，突然冒出一个我，而我是个 bug。

我起身买单，一共一百五，老板已经剥了一大碗蒜，他笑眯眯收了钱，又笑眯眯说：小姐你不要担心啦，吃了我的酱骨头，有情人终成眷属的啦。

我有点疑惑：老板你不是东北人吧？

他悄咪咪说：系的啦，我系广东人啦。

广东人你卖东北大酱骨？还搞这么多蒜？

他撕了纸，擦擦手上的蒜皮：我们广东人很随和的啦，什么挣钱就搞什么啦，我明天就卖驴肉火烧也是可以的啦，大家都爱吃蒜我就剥蒜啦……小姐，做人随和一点好啦。

我拿起一瓣蒜，咔咔咬了两口，又不知道怎么回事，把剩下的半瓣揣进屁股兜：不，我就不吃驴肉火烧，我偏偏不随和。

一转身他已经出了门，靠在车旁边抽烟，我气鼓鼓地瞪他：你不是都蹭烟才抽？

他吐了个烟圈，吐得不圆，在黑夜中悬浮，起先像颗心，后来那颗心渐渐散了。他盯着散掉的心，说：后来我觉得那样没意思。

什么没意思？

自己骗自己没意思。假装有些事情不存在也没意思。

我搞不清楚他在说什么，还是气鼓鼓：你送我回去吧。

我们都上了车，他吸了一口气：什么味儿？

我体会了一会儿半瓣蒜在屁股下压成蒜泥的感觉，决定保持沉默。

他摇下车窗，又说：刚才我开错了，去了一个很远很远的湖，那边挺好的，连水里的月亮都好像比别的地方更圆，以后我们再去，也不知道还能不能找到。

听到他使用"我们"这种杀伤力极强的词语，我的心呼啦啦软了下来，但还是没说话，等着他把车启动。

他一直没有把车启动。他叹了一口气，说：你到底懂不懂？

我板着一张脸：懂什么懂？

他望着破破烂烂的车顶，像那里有一个并不存在的天窗：我确实觉得这件事很麻烦，但我还是来了啊，他妈的开了十几个小时，你不是个女博士吗？这点屁事你也不懂？

9

不管命运给我什么，我一定接不住

这点屁事我其实是懂的，就像我懂下一刻我们会做点什么。先是嘴唇试探嘴唇，然后舌头纠缠舌头，刚才吃太多，两个人的味道都太浓烈了，像一只酱骨头吻住另一只酱骨头。

两只酱骨头热吻了许久，他终于停了下来，疑惑地说：绝对有什么味儿。

还好我们一直是摸黑打啵儿，我偷偷把屁股上的蒜泥一把掏出扔往窗外，又偷偷擦了擦手，一口否认：没有，你这个车不行，有点臭。

他不知道从哪里翻出来一瓶香水，往车里猛喷一通。一股佛手柑的香味渐渐散开，我无端端想到那天洪雨说：这个真好，好像是在夏天。

我喃喃自语：这个真好，好像是在夏天。

他把车窗摇上，又开了顶灯，给我看他的耳朵：你说什么鬼话呢，我冷得要死……你给我看看，我是不是长了冻疮？

他没有长冻疮，他只是耳朵通红。他大概和我一样，浑身上下都感觉有什么在异动，爱情来的时候就是这样的，身体的所有部位都像吵闹着要离家出走，但走呢又舍不得走，只是停留在原地躁动。

大学时候我和数学系的师弟谈恋爱，确定关系后第一次约会按照本校传统，约在了龙王山下的池塘边。那地方不过丁点儿大，草长到半腰，蚊子和情人一般多。情人们坐在草间，防盗防蚊防野兔，野兔性子温和，但它们会把你的脚指头当成胡萝卜，猝不及防就是一口。

我和师弟一人一瓶清凉油去了池塘，坐下来之前先耗时十五分钟拔草，再用清凉油在四周划出一个结界，这才安心坐了下来。两个人都是初恋，接吻的时候体温难免升高得有点迅猛，有只蚊子奋不顾身冲破结界进来，给我们各自来了一口，我们都觉得有点痒，只能边亲边挠。也就十几分钟工夫，等紧紧搂在一起的两个人实在痒得受不了分开，大家已经都是一头一脸的红疹，他眼睛肿到睁不开，我的双手像两个胖嘟嘟的红糖馒头。有只野兔蹲在我们脚下观察良久，因为实在无法辨别我们是何种生物，这才悻悻然跳走。

我和师弟像两个生化武器受害者，互相扶持摸索着去了校医院。一个秃顶男医生看了我们两眼，面无表情说：急性过敏性荨麻疹。他轻车熟路给我们打了类固醇，又一人开一支止痒药膏。类固醇一下去，我们浑身消了一半肿，彼此勉强能看出个人形，我问医生：什么蚊子啊怎么这么凶？

医生头也不抬：跟蚊子没关系，你们自己的问题，你们这种小青年啊，荷尔蒙旺盛，当然容易过敏咯。

确实如此，不是蚊子的错，也没有什么冻疮，是我们自己的问题，是爱情爆炸之后带来的余波。在这一次爆炸之后——我是说，检查完冻疮后，我们终于借着车灯好好看了看对方，这回没有人过敏，都齐齐整整确凿无疑一个人形，两个人都喜滋滋的，满脸泛油。

他深情地拉住我的手，又看了我许久，突然说：我得走了。

我脑子里刚刚开展了一系列对今晚的合理想象，一时无法调整规划：什么？

他指指方向盘：我得回去了，我就一天休息时间，明天上午还有两场戏，半个小时之内我就得上高速。

我跳起来：那你刚才不说？！

他奇怪地看看我：刚才你不是在生气？

我生起气来：你以为我现在没有？

他又看看我：你没有。

我确实没有，我只是感到心疼：又要开那么久。

他给我指指后排座位，一大箱子红牛。

他先送我回公司，一路上我们都没有说话，只是拉着手，下车时我说：太困了就和我语音。

他点点头：好的。

我又说：但是要用耳机，双手不要离开方向盘，双眼要直视前方。

他又点点头：好的，我有耳机。

我又说：你有没有水果，我房间里还有几个橘子和半把香蕉，香蕉有点熟过了，我给你拿下来。

他再次点点头：好的，我想吃香蕉。

于是我偷偷摸摸上楼，拿了橘子和香蕉，房间里还有半盒黄油饼干，我也拿上了，我甚至拿了两卷卫生纸、一包湿巾、一盒棉签和一支用得只剩一点点的护手霜。

他看我把东西一一放在副驾上，当即拿起护手霜，挤了一大坨出来抹了抹，这才问：我要棉签干什么？

我不知道他要棉签干什么，我只是一时间昏了头，想把我拥有的一切，都堆在这个还有大蒜余味的座位上。我有点不好意思，很小声很小声地说：你不是耳朵痒，万一你路上想掏耳朵……

我没有把话说完，也没有来得及现场示范怎么用棉签掏耳朵，他叹了一口气，又亲了上来。我根本没上车，只是探进去一个头，他又坐在驾驶座上，中间隔着卷纸湿巾香蕉橘子。我们目前的姿势按理说是不大适合开展这一活动的，但到了这个时候，哪怕中间隔着银河，我们也会努力克服。

好不容易亲完之后，我说：我回去了，你赶紧走。

他说：好的，我这就走。

但不知道怎么回事，我们突然又亲在了一起，这回又亲了很久很久。如此这般的场景重复了四次，我因为长时间伸着脖子，感觉颈椎已经错了位，他这才终于走了，过了半个小时给我拨来语音：我上高速了。

戴了耳机没有？

戴了。

手要一直握住方向盘。

握着。

双眼要直视前方。

直视的。

前方有什么？

有一个大卡车，车上是一车猪。

你怎么知道？

我看见了，刚才超我车的时候，有只猪对我笑来着。

整个晚上，我们都没有挂掉语音，我缩在被子里，和他讨论高速公路上的猪。有时候我太困了，就睡过去一会儿，醒过来继续说。我睡的时间不会超过两个小时，却做了数不清的梦，所有的梦里都有相同的呼吸声作为背景，哪怕在梦里我也知道，那是他的呼吸声，一深一浅，一高一低。

开始我们只聊那些毫不相干的屁事，那车猪在沧州就下了高速，后来他又跟着一车白菜走了很久，再往后是一个运煤的车队，掉落的煤满地乱滚。他在某个服务区下车抽烟，发现前盖上掉了一块煤和一片白菜叶子，他捡起来时说：好奇怪，怎么连这块煤都是心形，白菜也是。

他拍照给我看，没错，两颗心就摆在那里，一颗黑色，一颗白色。那真是一个万事万物都化为心形的夜晚啊，但是在捷达开过黄河之后，天渐渐亮了起来，阳光透过窗帘，又一点点爬上我的头，我在亮光中开始疑惑，问他：喂，这些都是真的吗？

什么是真的？

这个晚上啊，你和我。

应该是吧，要不就是我和你在一起做梦。

你不是这几天才喜欢上我的吧。

他想了想才说：应该不是。

那是什么时候？

更早。

早到什么时候？

他笑起来：不会早过你喜欢我。

哦，那倒是的，那不可能。但是，但是你为什么两年没有找过我？

这次他想了更久：你知不知道，我以前演过张艺谋的电影?

什么?哪一部?

有周润发和巩俐那部。张艺谋来学校选人,他们想要一个会跳舞的男生,就一眼看中我,我被秘密培训了半年,骑马、射箭、吊钢丝,连喝酒的姿势都有个老师每天来教我。拍也拍了好几个月,我的戏份不少,是第一男配角,发哥人很好的,我们每天都聊很久。

后来呢?

后来都被剪了,一个镜头都没有。再后来电影首映,片方又来我们学校选了几个人去伴舞,他们又选中我,所以首映当天我就在台上伴舞。发哥看见我,还对我挥挥手,说,后生仔,噶摇啦(加油啦)。但我没理他,我还得伴舞。

我想安慰他,却实在不知道能说什么,我只能又问:后来呢?

后来?后来也没什么,后来我毕业了,也有点戏拍,有时候有几句台词,有时候没有。钱嘛倒是挣了一点,有些广告钱挺多的,哦,我们就在拍广告的地方认识的,那里有条河,你还记得吧?电风扇,那个厂商夏季大酬宾,买一台电风扇,送三瓶花露水。

我当然记得,我想到河边的芦苇和野风,是那野风让河水漫灌,吹到我的眼前,让我抱着电话,默默地哭了又哭。

我努力不让他听见哭声,故作平静问:那我们认识的时候,你在想什么？

　　我仿佛看见他双手紧紧握住方向盘，两眼直视前方，看着眼前越来越明亮的长路。他想了很久才回答：那个时候我想，我是个倒霉蛋啊，不管命运给我什么，我一定接不住。

10

如果火熄了，那我就等待下一场火

那个夜晚到此就正式结束了。经过一个漫长隧道时信号先是变得微弱，然后彻底断掉，再后来便一直是忙音，我怕自己睡过去，就坐起来一支接着一支抽烟，等到第五支烟，他终于发过来一个微信：快没电了，我先开车。

他没有发语音，而是一个字一个字打过来，说明他当时停了车，他上一次停车甚至连煤块和白菜叶子都要拍照发过来，这一次却连电话也没有。这可能也没什么不对，却让我思前想后许久，一种十几年来和男人斗智斗勇拉锯扯锯的本能渐渐上涌：一定有什么地方出了错。日起鬼哦，我果然是个倒霉蛋啊，不管命运给我什么，我一定接不住。

话虽如此，我并没有觉得沮丧，和昨晚黏稠到令人窒息的甜蜜比起来，这种"他妈的怎么又搞砸了"的心情倒是让我倍感熟悉。经过多年实战，我也完全了解了男人是一种多么容易临阵脱逃的物种。再回到那个数学系师弟，在我俩的荨麻疹彻底好了之后，他突然冷了下来。我们还是每天约会，周末他一大早就替我在图书馆占位，到了中午，两个人一起去吃校门口三块钱的三鲜砂锅和牛肉炒饭，他总是把牛肉和肚丝都夹给我。但我们没有再去小池塘了，他说"没必要吧，蚊子太多了"。我当然不是怪他不肯为了我赴汤蹈火，但一把火就是一把火，烧起来的时候也许我们都糊里糊涂，但熄掉的时候，大家却都不会弄错。

那时候我很年轻，本科又学的新闻，对这种事情有一种法拉奇式的执着。有一天我在阳台上晒衣服，见他拿着脸盆和几个同学一起往澡堂走，他脸上那种轻松和愉快让我感到震动。我甚至听见他大声吹着口哨，连夕阳都追赶在这个金色少年的背后，少年明明是当时吸引我的那个，但如今我已经不大认得。

我换了漂亮的花裙子，又紧急洗了个头，在澡堂门口等他。他本来吹着口哨出来，一见我就呆住了，躲也没地方躲，简直像一个丈夫。我问他：到底怎么回事呢，你能不能直说？

他出了一头一脸的汗，神色惨然，东张西望，最后终于低头说：师姐，我觉得有点恐怖。

我吗？是我有点恐怖？

不是的，我是说，一下就爱成那个样子，我觉得有点恐怖，师姐，这是不是不大正常啊？

我也不知道，我是个新手，以前也没有爱过。但我们当时就分了手，过了一年，又在秋天复合。这一次我们都不再觉得恐怖了，有礼有节地谈了八个月，在夏天时再次分手。往后我们还偶尔见面，有一次大家在校门口遇到，就一起去买了烤红薯，红薯甜到流蜜，他吃着吃着突然唏嘘起来：要是没有第一个夏天就好了。

天冷得不得了，我们捧着烤红薯就像各自捧着一团火，我借着那点火取暖：什么？

他看着天空，顶上火星闪动：要是没有第一个夏天，第二个我们就不会都那么失望了。

我咬了一口滚烫的红薯：不会啊，我想的是，幸好有过第一个。

他又看着我：你没有后悔过吗？

我心平气和地说：从来没有，尽了力的事情，我就没有后悔过。

这大概也是我对于这个晚上的心情了吧。他可能只是有一股不知从何而来的冲动，这股冲动支撑他走了一条长路，但在穿过那个隧道时却渐渐被黑暗吞没，重新见到光之后，他感到懊恼、悔恨和恐怖。而我却想，管他的呢，一朵玫瑰就是一朵玫瑰，一个夜晚就是一个夜晚，一个吻就是一个吻，一场火烧到哪里，我就往哪里奔跑，如果火熄了，那我就等待下一场火。

我掐掉烟，下楼美美吃了早餐：泡饭、榨菜、豆腐乳。再回到房间，昏天黑地睡了过去，梦里我送给他一个巨大的充电宝和一把香蕉，梦里我还拍拍他的肩膀：后生仔，唔晒惊哦（不要怕哦）。

他沉默不语，一根又一根地吃着香蕉。

再醒过来，房间里没有香蕉，手机里倒是有个消息，他说：这几天要赶戏，有点忙，我再找你。

我把手机扔到一边，心平气和大扫除，又下单买了香蕉和苹果。香蕉送来的时候，老板正在例会上派下面两个月的储备题目，我一口气领了七八个，又答应了好几个首映，老板说：你忙得过来吗？

我剥开一个最大的香蕉：没问题，我时间很多。

往后一个月就是那样了，留在公司我就写稿，参加首映我就出门，往返五个小时地铁我就看书。我现在看《倚天屠龙记》，看到郭襄万里苦寻杨过，张无忌半生犹疑，殷离梦中低唱"急急流年，滔滔逝水"。江湖有万里层云，千山暮雪，却也装不下每个人的伤心。

晚上洗过澡，我给老板两岁半的女儿茉莉讲故事，鼠小妹问鼠小弟能不能爬树给他摘苹果，鼠小弟说，我不会啊。鼠小妹哼了一声，说：你这个胆小鬼！

我不由也哼了一声：你这个胆小鬼！

小姑娘问我：阿姨你说谁？

我回过神来，连忙指书：鼠小弟，我是说鼠小弟。

故事读到最后，鼠小妹说：鼠小弟虽然是个胆小鬼，但他心地好，对我好，所以我还是喜欢他。

茉莉点点头：所以我还是喜欢他。

我叹了一口气，关上书，把茉莉还给她妈。小姑娘说：阿姨，你明天给我讲霸王龙。

我说：好的，我给你讲霸王龙。

茉莉咯咯笑起来：永远永远爱你！

我没听懂：什么？

老板拿出一本书，封面有一只墨绿色霸王龙和几个大字：永远永远爱你。

我觉得这不大吉利，就说：哦，我们还是讲胆小鬼。

胆小鬼并没有消失。他每天都有不少微信，以示并没有忘记我，他发剧组的盒饭、西湖尽头的夕阳、夕阳下的断桥，他的照片拍得很好，连盒饭里的鸡腿和酸辣土豆丝看起来都像某种装置艺术。我也回之以照片和表情包，我发渐渐解冻的湖面，出了一丁点儿芽的垂柳，翻着肚皮嬉戏的野猫。我把所有收藏的表情包都发过去了，他也差不多如此，我们都没有再发过一个语音，字也很少，与其说这是情人在聊天，不如说是两个不大熟的人天天斗图。

到了半夜，他总要说：你早点休息，我还有两场戏。

开始我也回他：好的，你也早点休息。

后来我渐渐烦了，觉得两个人虚伪成这样，简直有点恐怖。大概从第三周开始，我就总是延迟回他的微信了。到了晚上，老板推送完当天更新后，我便关了手机和电脑，坐在院子里一边嗑瓜子一边看书。

夜风还是冷，但已不像一个月前那样不可忍受，这一个月像摩西劈开红海，出去的人终得自由，走不掉的人还留在埃及。我想，我也该出去吧，留在埃及的人，不过是永生永世为奴。

老板来院子里晒衣服，见了我：你这个月怎么了？

老板是个四十岁的女人，以前在报纸做娱乐版主编，现在创业办了这个公号，独身一人带着茉莉，我从来没有见过她丈夫或者前夫。面试的时候她问我：你这个学历，为什么要回来？又为什么要来我们这里？

我当场坦白：为了爱情。

她说：那你能不能好好工作？

我感到讶异：当然，这有什么关系，我会好好恋爱，也会好好工作。

她又问：这个收入你满意吗？

不满意，但我可以接受。

她说：很好，虽然我们做的是娱乐新闻，但你要记住，永远不要写自己也不相信的鬼话，那样谁也骗不住。

我知道自己骗不了老板，老老实实说：我好像成功了，又好像失败了，但我可以肯定，我什么也没做错。

老板点点头，表示她完全理解我在说什么：几乎同时发生的，对吗？我是说，成功和失败。

对的。

她也坐下来，从盘子里拿起瓜子，嗑了好一会儿才说：有些人是这样的，有些人好像鬼打墙，一辈子都在错过和后悔这两件事里重复，但再来一次呢，他们还是会错过。这种人自己也很可怜，但很奇怪，我对他们是没什么同情的。

她望着星空，不知道想到谁，但那些名字都不再重要了，也不会再闪烁在空中。我把一撮瓜子一个个剥出来，再一口吃掉，说：是啊，和我没有关系了，不是我的错。

从那个晚上开始，我没有再回过他的微信。也就大半个月时间，有一天我进城参加活动，发现三环隔离带上月季已是将开未开，粉红粉黄的花蕾缠绕在铁丝网上，四月到了。这是我们之间的第三个四月，我暗暗做好准备，这会是最后一个。

11

那个晚上的快乐像一笔贷款

我们的微信聊天停留在春天，他发来下雨的西湖，湖面泛舟，船夫撑着长竿，在茫茫雨雾中行船。

我看了那张照片许久，什么也没做。我们都把筹码摆在了桌面上，拿出爱和勇气的时候，我是毫无顾虑的，我也不怕输，但到了后面，要把尊严也放上去赌，我就退出了牌局，放弃申诉和辩解。

这不可能，我对自己说。

你以为你是哪根葱哦。出门去吃马华拉面，我气得把葱花一颗一颗往外拣。

话又说回来，这根葱呢，确实又比千千万万根葱好看。偶尔看到他的新闻，看着那张脸，又翻了翻朋友圈，我忍不住长吁短叹。

　　吁也吁了，叹也叹了，在放弃整宿整宿等微信之后，我一心一意搞起了事业，以我二十几年的学霸经验，事业这件事远远比男人简单。我当月就写了三篇"10W+"，除了奖金，老板还送了我一管娇兰的 Kisskiss，色号是 Red Passion，那个颜色一上唇确实热情到不能再热情，连我都想身外化身，和自己热吻一番。唇膏都没擦我就睡了，黑暗中想起那个弥漫着大蒜味的吻，想到彼此干裂、起皮、冻到惨白的嘴唇，想到在他进入那个隧道之前，我们曾经无限接近的爱情，不由也有点黯然。

　　也就是在那段时间，因我把博士后项目延期而痛心疾首的导师，在负气消失大半年后突然又冒了出来，随之而来的是一个难以置信的好消息：两年前我们合作的一篇论文，通过了 *Annual Review of Anthropology* 的外审，编辑仅仅提出了一些 minor revision，而我是那篇论文的第一作者，我曾经为它呕心沥血整整一年。导师把意见发给我，限我在一个月之内改好返回。导师在邮件里打了一万个感叹号：黄！你知道这意味着什么吗！黄！

　　我当然知道这意味着什么。那是《人类学年鉴》啊，四舍五入等于我已经申请到一所三流学校的教职。三流学校，听起来不怎么体面，对不起我一路读过的那些闪闪发光的名校，但它意味着工资、医保和工作签证。意味着在漫长的求学之后，我终于拿到真正进入成年人世界的入场券。现在我的简历上所缺的，就只是一个博士后的项目了，而那个项目就在我眼前。

我给导师回信：五月给你稿子，九月波士顿见。

从那以后，在北京的每一天都像在告别，又像有条死线拦在面前。我对死线没什么意见，我只是想，早知道那个晚上是我们的最后一面，我就要把他留下来，留在我小小的、有半把香蕉和几个橘子的房间。

北京的清明没有下雨，清明之后也一直没有。白日灼灼，我穿了美丽的绿裙子，先一路往南坐两个小时地铁，到鼓楼坐电影公司的包车，再一路往北坐两个小时大巴，到古北水镇参加一场极为盛大的首映活动。活动方包了一晚上住宿，那地方有温泉，又在长城脚下，大家都想去。但老板把名额给了我，她说：去泡一泡吧，可以躺在水里看星空，虽然不是箱根，但还好哪里的星空都差不多。

我一上大巴就看见洪雨，一张脸白到闪光，剪了个平头，像古早时候的古天乐。他也看见我，兴奋地挥手，我便走过去和他坐在一起。

中间这两个月我们倒时不时有联系，互相分享护肤心得。

在家里也要涂防晒啊，SPF15 的就够了。他每隔一天就发来微信提醒。

周二了，该做个保湿面膜了。每逢周二，他就要这么说。

周四是美白，周六是深层清洁，到了周日，他郑重其事宣布，今天就是世界卫生组织规定的全身去角质日啦！

我说，没有这回事，你放什么屁。但我笑到打嗝，后来不知道怎么回事，到了周日，我就听从世界卫生组织的建议，老老实实全身上下去角质。

有一次他给我打电话：姐姐，你是不是四川人？

是啊。

芋儿鸡你吃过没有？

吃过，怎么了？

上回我去乐山拍戏吃过，我靠，里面的芋儿也太牛逼了！现在我买了芋儿，但是我没有鸡，姐姐，怎么才可以做出芋儿鸡里的那种味道？

那是不可能的。

为什么？

因为有些东西没有就是没有，没有鸡，就没有芋儿鸡里的芋儿，你懂不懂？

他哦了一声：但我还是想去试试。

我在大巴上坐下来就问他：成功了吗？

什么？

没有芋儿鸡的芋儿啊。

他摸摸头：没有，你说得对，有些东西没有就是没有。那种芋儿也好吃的，但和芋儿鸡里的不是一回事。

我点点头：是啊，不是一回事，没有就是没有。

我突然打了个寒战，胸口袭来一种怎么也逃避不了的痛。

他说：你是不是穿少了。

我看看身上的裙子，那种绿色抚慰了我：不会，春天来了，我只是还不怎么适应……所以这部的宣发又是你们公司做的？

他摇摇头：那个公司倒闭了。

那你怎么在这里？

我是演员呀，我在里面有两个镜头，还有一句台词呢，对着许晴说的。

我由衷地替他高兴：这么好！

他挺挺胸脯：我是不是要红了？

百分百，谁敢说不是。

他笑得眼睛都没了：红了我请你吃饭。

我点头：好的，我们去吃芋儿鸡，有鸡的那种。

那两个小时过得飞快，我们笑太多次了，甚至没有注意到沿途的春天。上一次感觉时间像赶在前面飞还是那个晚上，但那个晚上的快乐像一笔贷款，我透支太多，现在只能艰难地分期偿还。

古北水镇是个古里古怪的地方，明明在无穷无尽的长城脚下，却硬生生造了一个江南。下车的时候我说：这里倒适合拍《射雕英雄传》。

洪雨虽然是小朋友，对金庸倒是也很熟，他问：为什么？

我指指远处长城，又指指面前的小桥流水：郭靖刚出塞北，就到了江南。

他无可无不可地"哦"了一声，说：我的经纪人说，有个公司要筹拍射雕，他想替我去争取一下杨康。

我哇哇叫起来：杨康很好啊，谁会不喜欢杨康。

洪雨也有点兴奋：我也这么想。

活动傍晚才开始，我们先去划了船，又排极长的队买了梅花糕，坐在河边吃起来。

梅花糕甜甜糯糯，我挑着里头的蜜枣丝吃：这也像是黄蓉会喜欢的东西。

洪雨已经吃了两个，他舔舔嘴唇：等我演郭靖的时候，我就给黄蓉买这个……姐姐，你说，那会是什么时候？

我看着他精神焕发的脸：不会太久了……不过你想演郭靖，就得晒黑一点。

他说：是哦，不然就像是欧阳克。西域那边风沙挺大的，不知道欧阳克怎么防晒。

我想了想：等你红了，你就出个白驼山庄防晒霜。

他郑重其事点点头：对的，再出个深度锁水精华。

整个下午我们都在畅想他红了之后的光景，越想越具体，越想越快乐。不久之前，我和蓝轩也想过这些，但我们都小心翼翼尽力绕开这回事，成功和我变成了一道选择题，而我没有被选上去。

我看着洪雨因为梦想而兴奋的脸，他甚至想到了等他红了之后，就要把所有的亲戚请到北京来看故宫和天安门，以及在他读的那个高中设立艺术生奖学金，"我爸妈为了供我上北影，做了四年传销，有两次差点被抓进去"，他说，但他连说这个的时候也乐不可支。都过去了，他说，以后就好了，等我红了就好，等我红了，我妈就能买貂。

我说：你不是广西人？广西人穿什么貂？

他说：我给你说，热到中暑我妈也会穿，你信不信？

这个年轻人相信成功会解决他大部分的问题，他不见得是对的，但那种乐观在那个下午深深打动了我。因为我想到在蓝轩那里，成功与其说是诱惑，不如说是诅咒，甚至只是那种可能，已经压得他喘不过气。

首映安排在一个露天剧场，电影还不错，是那种憋着劲要让人鼓掌的电影，我也鼓了掌，主要是为了里面的洪雨。民国题材，他演一个西餐厅的 waiter，打着领结，干干净净的小男生，过目难忘的眉眼，唯一的台词是低头问美艳无双的许晴：小姐，红酒还是威士忌？

首映结束后我找了好一会儿，才看见洪雨从最后的位置一点点往前挪，我尽力向他挥手，有点为他不高兴：你怎么在那么远，片方怎么回事。

他倒是无所谓：有位置就很好了啊，我还是第一次参加自己的电影首映呢。

看他把这称为"自己的电影"，我非常感动，拍拍他的手：你上镜好看得不得了……走，我请你喝酒，我们坐在河边喝。

他低声说：小姐，红酒还是威士忌？

我们都笑起来，他拉着我的袖子：人太多了，我们别走散。

那大概是我这一个多月以来最快乐的一刻，和爱情没什么关系。我也是在那个时候才发现，和爱情相关的快乐太贵了，爱情是没有百分百快乐的，我们失去的时候伤感，得到的时候恐惧。

蓝轩就在那个时刻出现，开始我以为自己看错了，但定睛一看，确实还是那个人，确实还是那套过季的阿玛尼。他像是在找什么人，但眼光四顾之时看见了我们，他愣了一会儿，终究走了过来。

他说：你怎么来这里？

我说：工作。你怎么来这里？

他说：制片人我认识，请我过来玩。

我们同时点点头，洪雨突然在旁边哇哇叫：蓝轩，你是蓝轩是不是？

蓝轩被人认出来的时候估计还是有一些的，他倒没有什么吃惊，只是一低头，看见洪雨还拽着我的袖子。

我看见他的眼光，却也没有解释，只说：你先忙，我们要去河边喝酒。

一路上我有点沉默，洪雨没有发觉，仍然兴高采烈买了两个巨大的芒果甜筒。我吃着甜筒，听他在一旁絮絮叨叨说：……蓝轩很好啊，我看过他演的戏，他早就应该红了，但我也早就应该红，这个圈子没什么道理的，姐姐你说是不是？

这个季节吃冰还是有点冷，我吃着吃着发起抖来：是啊，你们都应该红。

我们沿着河找了一会儿，最后在水边找到一个宽阔的平台，舒舒服服坐下来，洪雨看了很久酒单，老老实实说：红酒和威士忌太贵了，我觉得你请不起。

我也看了看：确实请不起。

所以我们只点了两杯最便宜的啤酒，洪雨还消失了几分钟，从附近超市买来瓜子、葡萄干、旺旺雪饼和泡椒凤爪。我们都饿了，专心致志吃起来，两包凤爪刚刚啃完，我就看见蓝轩站在不远处，他双手插兜，看着我们面前的瓜子壳和鸡骨头。

我擦了擦手：这么巧。

他自顾自搬了椅子坐下来：我找了好久。

12

我们就这么卡在半山，
上不去也下不来

画面一度十分尴尬。蓝轩坐下来，也不说话，自己拆开瓜子嗑起来。

有点潮了。他说。

这个口味不行，焦糖味的才好吃。他又说。

花生更下酒，黄飞红那种。他还在说。

可怜的洪雨完全没有搞清楚状况，只呆呆看他：哦，那我去再买点。

他真的起身要去，我大喝一声：去什么去，坐下。

洪雨吓得一激灵，"吧唧"又坐了下来。

就这么冷场了五分钟，哪怕洪雨笨成那样，终于也是回过神了。他看看我，又看看蓝轩。夜风微凉，我清晰地感觉到裙子下的皮肤一粒一粒爆出鸡皮疙瘩，洪雨只穿一件薄西装，倒是出了一头一脸的汗。

他几次想挣扎，先是拿出手机：姐姐，制片人找我……

我打断他：制片人没找你，没人找你。

他徒劳地翻了很久微信：我有个朋友……

我又打断他：我就是你的朋友。

他都快哭了：我有点冷。

我把纸巾递过去：你擦擦汗。

他终于放弃了，开始绝望地擦汗，蓝轩把瓜子给他递过去：要吗？

洪雨闷闷地说：要的，谢谢。

两个我平生认识的最好看的男性，就这么坐在水边一起嗑起了瓜子，像一部华北版的《春光乍泄》。

顶上有星，水中有大鱼"刺啦"跃出水面，最终是我破坏了这个美得不得了的王家卫式画面，我问他：你来做什么？

蓝轩看着我：我也不知道，听到你说要来河边喝酒，我就来了。

我尽量心平气和：你还是走吧。

他摇摇头：我不走。

那你要做什么？

他还是摇摇头：我不知道，我先坐一会儿。

我说：我们坐在这里喝酒，并没有预计到你会来。

我知道。

你不可以这样，你不能想来就来，想走就走，你这样不是很有礼貌。

我知道。

所以你还是走吧。

他仍然摇头：我不走，我再坐一会儿。

我们就这么僵持起来，眼泪在眼眶里悄悄聚集，我一直抬着头，假装对星空有什么兴趣，天知道，我在七夕当天也找不到牛郎织女。结果洪雨在一旁吃了一会儿瓜，突然开窍了：喂，你们想不想打牌？

我趁机把眼泪憋了回去：打牌？打什么牌？

洪雨不知道从哪里掏出一副扑克：斗地主啊，我们不是正好三个人，斗地主你会不会？

我把扑克抢过来：不要问四川人会不会斗地主，很没有礼貌知不知道？……你会不会？

我转头看着蓝轩，他点点头：会，我玩得很好。

我哼一声：不一定的。

大家都同意要赌钱，"不赌钱有什么意思"，三个人异口同声说。

蓝轩说：二十的底，不封番，有几炸算几炸，先记账，最后结。

我和洪雨面面相觑：我们打不起这么大，我在四川一直打五块钱的底。至于洪雨，他所有钱应该都花在脸上了。一周前他跟我说，很久没有吃排骨了，一直在吃肉丝，还切得特别细，刀工都练出来了。

但一种见鬼的自尊心油然而起，我说：没问题，我们就打二十。

趁着蓝轩去找酒吧老板借纸笔，我偷偷给洪雨说：我会负责的，赢了你自己拿着，输了算我的。

洪雨偷偷看一眼蓝轩的背影：姐，你们这是怎么回事？

我试图十秒钟解释清楚，最后想了想：不关你的事，你好好赢钱，我们要联手，懂不懂？都到了这个地步了，我们起码得赢点钱。

洪雨点点头：他是不是很有钱？

我想到那辆破捷达：不晓得，总比我俩多，人家是男明星哒，我们赢一点是一点。

洪雨有点憧憬：要是能赢到下个月房租就好了，我快要交不起了。

我捏捏他的手：有点志气，我们赢个付三押一。

蓝轩没说错，他玩得好极了，手气更是惊人，经常一出手就是两个鬼。起先我还试图拉洪雨一把，但后来我自顾不暇，只能拼命抱蓝轩的大腿，但在他又拿了一把三炸的天牌后，我终于放弃了：不打了。

我输了八百八，洪雨输了一千六，他眼巴巴看着我，以一种"我还不都是为了你"的眼神。我叹了一口气，拿出手机给蓝轩转账，心里寄望于他能看在我们也算有过一段的份上，大家关系不再情意在，能说声算了。

他没有算了，而是痛痛快快出示了收款码。我一边输支付密码一边唏嘘：我喜欢的男人啊，果然不一般。

钱已经输掉了，两个小时前那种令人窒息的尴尬倒是也随着我的金钱奇异地消失，我感到一种一无所有的轻松，拍拍屁股站起来：走吧，要打烊了。

片方为了省钱，把洪雨安排在景区外的酒店，我却住在景区内的半山上。洪雨终于能从这场稀奇古怪的戏中退场，高兴得直对我们挥手：姐，哥，我走了哈！

他溜得飞快，还没忘拿走最后一包泡椒凤爪和浪味仙。

剩下的两个人沉默半晌，我说：你住哪个宾馆？

他摇摇头：我不住，我只是来看首映，没给我安排。

哦，那我回去了，我住那边。我胡乱指了指不知道哪个山。

我已经走了两步了，他却追上来：要不我们去山顶教堂看看。

什么东西？

他指指另一座山：山上有个教堂，我以前在那里拍过婚纱照。

我心里一万个"我靠"轮番滚动，但我努力压制住了那种心情，以一种"老子根本不关心"的口吻说：看起来很远。

他说：不远，走一走就到了。

他歪着头看我，轻声说：去吗？

我放弃了抵抗，一路上骂了自己八百遍：你这个憨批软蛋。

那座山远得不得了，走到山底下我已经在发抖，抬头一看还有起码两百级台阶。我看看自己的尖头高跟鞋，正想说声"算了"，他突然说：拍婚纱照那次，摄影师让我背着那个女的上山。

哪个女的？

新娘啊。

你把自己的新娘叫"那个女的"？

他奇怪地看着我：不认识的，拍广告，你以为是谁？

我故作镇静：我以为是拍连续剧。

他想了想：连续剧里倒是没拍过婚纱照，一般男一才有机会结婚。

我有一点心酸：你演过几个男一？

他想也没想：要是不算两部抗日剧，这是第一次，十年了。

一时间大家都无话可说，好像都在消化他那句话中的感伤和凄凉。我们沿着台阶慢慢往上爬，我忍了很久，终于问道：是不是很高兴？

什么？

终于演了男主角。

签下合同就发了三天烧，烧得迷迷糊糊，一直梦见自己被换了，又梦见自己拿不到钱。

现在呢？

现在拍完了，钱都拿到了，每天查好多次银行卡，总觉得那笔钱还会不见。

你……很缺钱吗？

他摇摇头：没怎么缺过，我大学就拍广告了，我的问题一直不是钱。

我终于能把这句话问出口：那你的问题是什么？你他妈到底是怎么回事？

他深深地看我，那眼神里有一种茫然的悲哀：我也不知道，我总是在担心。

担心什么？

一会儿担心这个，一会儿担心那个，我总是无法下一个真正的决心，我刚下第一个决心，又总是被第二个推翻。

你不是下了决心来看我，开了十几个小时车？

是的，但是……

但是什么？那个隧道到底怎么回事？到底发生了什么？

他不再往上走了，而是坐下来，我们都坐了下来，我们就这么卡在半山，上也上不去，下也下不来。

他说：也没有什么，隧道里没有信号，刚过了隧道，经纪人给我打了一个电话。

他说什么？

他哭了。他说跟了我这么多年，好不容易争取到这部戏，眼看我就要红了，眼看大家都能熬出头，但是……

我点点头：但是你居然不管不顾，跑来和一个谁也不认识的人谈恋爱……不不不，那连恋爱都还算不上，那就是什么来着？我在脑子里搜索了一会儿中英双语词典，终于找到一个合适的词语：crush。

他沉默下来，过了许久才说：以前也有过一次。

什么？

我差点演到张艺谋那部电影的时候，有一个女朋友，是我师姐。

然后呢？

然后我们分了手，就是一些莫名其妙的屁事，我本来也想挽回，但那时候我刚签了经纪公司，经纪人说，这样好，这样以后比较轻松，少很多麻烦。

然后呢？

没有什么然后，我们就这么分了手，我也一直没有真的红，不红就确实没什么麻烦。

你后悔吗？

他再次用那种眼神茫然地看着我：我也不知道，她前两年结婚了，你知道吗，她的婚纱照就在这里拍的……我在朋友圈里看到，有一张差不多就是我们现在这里，她丈夫背她上山，她的婚纱好长，快要垂到山底下……她应该也是嫁了个普通人吧，要不也不会在北京郊区拍婚纱照，婚纱也有点土，但她看起来，好像真的很开心……

他没有再说下去，也不用再说什么了。

我非但不同情，心里竟有一股冷冷快意：你师姐穿婚纱很美吧。

他揪着石缝里的一点点小草，低声说：很美，她一直很美。

你那个新娘子呢？

哪个？

拍广告那个呀，你背的那个。

哦，那个，那个我忘记了，应该也可以吧。

我突然对这些谈话失去了兴趣，也许我是对一个人啰里啰唆解释自己的行为失去了兴趣，我只关心行为本身。在每一个爱情故事里，因为，所以，如果，但是，统统没有太大意义。

我站起来：我爬不动了，我要回去。

他也站起来：你不要走。

我要走了。

你不要走。

我笑起来：凭什么？

他低下头，拉住我的袖子，像刚才洪雨拉住我的：你不要走，我把钱还给你，两千六百八，我还你三千行不行。

我气得不行，却不知怎么还是笑起来，甩开他的手：你放什么屁呢，我爬不动了，你让我走。

　　他却又过来拉住，这次是拉住了我的手：你不要走，我背你，我背你上去。

13

但是命运搞七搞八，变得极为复杂

他力气不大行，上了二十几级台阶就开始叫苦：你是不是胖了？

我贴在他的背上，同时听见两个人的心跳，两颗心都暖烘烘的，像两个挡不住的小太阳，我有点克制不住地喜气洋洋：说得你知道我之前多重一样。

他深吸一口气，又上了三级：大概还是知道的。

我这才想起在泰国那个晚上，在疼到满地叫爹之前，我的全身曾经被他摸了个七七八八。我的体重其实一直没有变化，但我想念那个时候自己的身体，想念那种没有欲望和牵挂的轻盈，爱情让一个人变得沉重，每挪动一点都举步维艰。

我们都沉默了一会儿，大概都想到那个晚上彼此接近沸腾的肉体。蓝轩瘦而有力，像我在美国时交过的一个男朋友。我在纽约，他在费城，是个修空调和门锁的中年男人。我们在自由钟那里认识，他英文不大好，又很想听懂导游在说什么，我见他有点窘迫，就在一旁替他翻译。男人自尊心很强，听我提到什么大陆会议啦莱克星顿啦马歇尔大法官啦，当时也不说什么，后来过了两个月，我偶然发现他的双肩包里放了一本 1984 年商务印书馆出的《美国独立战争》，那本书旧到翻一翻就会掉渣，定价两毛，不知道他是在哪里找到的。我这才想起来，有两次做完爱之后，他装作不经意，和我聊起了波士顿倾茶事件。

　　我们在一起小半年，每到周末，他坐七美元的大巴，从费城到纽约来看我。从初春到盛夏，我们整晚做爱，再睡整个白天。傍晚起床，两个人吃过泡面，会散步去十几个 block 之外，买那种自己加水果、果酱和糖豆的希腊酸奶。夕阳，晚霞，路边小公园里的树影和秋千，我们本来应当坐在树影下，享受酸奶和傍晚，但我们总是急急忙忙想回来。性生活太愉快了，导致恋爱的其他部分黯然失色，他大概也意识到了这点，于是在床上更为用尽全力。但这是行不通的，一旦下了床，我们都不能忍受那样巨大的落差，回到空荡而无趣的现实世界。

　　分手的时候他问我：要是我们晚一点上床，会不会好一点？

我说：可能吧，但我觉得我们上床挺好的。

他说：我也觉得。

于是又做了一次，两个人都很愉快。他走的时候我去车站送他，带着一盒加了很多菠萝的酸奶。

但是到了我和蓝轩，我时时会想，我们要是真的上了床也许就好了，那样一个晚上的故事，也许就留在了一个晚上。但是命运他妈的搞七搞八，让欲望一点点变得绵长，长到如今，我们都有点搞不清它和爱的界限，我们感到饥渴、渴求满足，但事到如今，满足的方式已经变得极为复杂。

蓝轩停停歇歇，又上了二三十级，我突然说：你测过智商没有？

他连后脑勺都感到疑惑：什么？

我输八百八，洪雨一千六，你怎么加出两千六百八的？

他停滞了半晌，大概还在做加法，反复加了好几次后他终于说：早知道我就只给你两千八，等会儿你得还我。

我们为了这两百块争论了一路，假装这是所有我们应该争论的东西，到山顶后他并没有第一时间放下我，他又背了我许久。我也没有戳穿他，我紧紧贴在他的背上，感受两个小太阳在现实世界中一点点熄灭，但在熄灭之前，我们仍在爬山，我们哪里都没有抵达。

最终我还是下来了，双脚一落地，那种脚踏实地的痛苦又回到了人间。我看着教堂的尖顶，从包里摸出烟：里面是什么？

他递给我打火机，自己倒是没有抽：里面？里面就是个教堂。

真的那种教堂？

算真的吧，有个十字架，好多排长椅，就是电视上那种。

有牧师吗？有没有人唱诗？有没有人忏悔和祈祷？

他想了想：不知道，我看大家都是来拍照。

我吐了一个烟圈：没有人忏悔的教堂不是教堂，我们去了教堂，就应该先忏悔，再祈祷。

他看着我：对不起。

我看着他：忏悔是对着上帝，你对着我做什么。

他还是看着我：对不起，都是我的错。

我把烟头扔在地上，突然对着地面哭了，两个月的委屈和茫然四处流淌，像一条河：你不该这样对我。

他大概在一旁点头：我不该。

我仍是对着地面，不想让他听见话中有哭音：那天是你自己疯了一样来找我。

他大概还是点头：是我自己疯了。

我说：后来你又不肯疯了，这样也没关系，但是你这样不是很有礼貌。

说这句话时我已有藏不住的哽咽之声，他轻轻摸了摸我的头发：我知道，我简直一塌糊涂。

我终于抬起头：你打算怎么办？

他喃喃自语：我不知道，我本来今天早就该走了，我都不知道我留下来干什么。

我点点头：你不该留下来，你不要一次两次地这样来找我。

他也点点头：你说得对，我不该这么着，我早就应该走。

话虽如此，他的头却一点点靠了过来。他吃了太多瓜子，嘴唇有点干，我也是这样，但我们的舌头都湿得不得了，缠绕在一起的时候，像两个人交换了眼泪，再交换中间这些混杂着愤怒和思念的时间。

我们吻吻停停，在停下来的时候，我期待他会说出更多话语，但他并没有，他只是亲了又亲。山上还有别的人在看夜景，他们看着看着都变成看我们，在四周围成了沉默的一圈，还有人拿出手机嘻嘻哈哈拍起了视频，可以想见没多久我们的热吻就会出现在朋友圈和微博。他大小是个明星，理应对这些感到害怕，但就像那个晚上，他不管不顾的时候，确实有一股不管不顾的劲，只是那股劲来得太快，又走得太快。

我越亲越觉得他的舌头有点粗糙，像小猫的舌头，小猫也是这样，小猫要你走你就得走，要你过来，你就得乖乖过来。他此时此刻的狂热是真的，但中间的犹豫、拖拉和软弱也是，他像一座要死不活的火山，爆发和爆发之间，是我熬不过去的休眠。

我一点点感觉到冷，这个男人就是这样了，我不能投入更多期待。连围观的人都看腻了纷纷散开，我也把舌头收了回来，我说：我真的要回去了。

这次他没有再说什么，我们下了这座山，又往另一座山走。他一直牵着我的手，我几次想挣开，他又沉默着牵了过来。后来我也放弃了，我想，就像那个晚上吧，也许我们谈的是这种"想起来谈一会儿，想起来就又谈一会儿"的恋爱。

他把我送到宾馆门口，我把手抽出来：再见。

他看着我：晚安。

我进电梯时他还站在那里，双手插兜，低头看自己的鞋，让人窒息地好看，我忍不住又说：喂，再见。

他抬起头，笑了笑：晚安。

我回到自己的房间，心里像空了巨大的一块，浑身上下软得不得了，努力了好几次才能去正常洗澡，回到床上已经累到头发都无法擦干。手机里有洪雨的语音，他哇哇大叫：姐姐，你有空打给我哦！我不着急的，你忙完了再说！你慢慢忙啊我真的不着急的！

我打了过去，他很奇怪：这么早？

十二点了。

他呢？

走了。

你们没上床啊？

没有啊。

啊？为什么？

为什么要？

他简直痛心疾首：那为什么不啊姐姐？睡睡你不亏的啊姐姐！

我闷闷地说：以前睡了也就睡了，现在睡了很麻烦。

年轻人理解不了这些，洪雨还是在那儿兀自感叹：有什么麻烦的啊？！再麻烦能怎么着啊？！那么一个人躺在那里，不睡真的很可惜的呀姐姐！

我的心思有点活跃起来：……那倒也没有直接躺在那里……

哎呀，你看他刚才那个样子，你让他躺哪里，他不就躺了吗？！

我点点头，这倒是的，我感到丧气：人都走了。

你打电话让他回来啊！

我叹了一口气：算了，那样不是很自然。

洪雨很唏嘘：这倒是，上床这件事，还是自自然然比较好。

我们挂了电话，我也不由长吁短叹了一会儿，走到阳台上吃酒店送的大黄杏，阳台上可以看见长城，这么看过去，半轮月亮就像挂在烽火台上。

　　杏非常酸，我龇牙咧嘴还是吃完了。我想试试能把核扔多远，谁知扔出去时往下一看，一个男人脱了鞋坐在路灯下的长椅上，他连手机都没有刷，就那么坐在那里，和我看着同一个长城，同一个月亮。

14

让我验证一下，你的历史
到底是不是可信

我跑到他面前才发现自己只穿了浴袍，脚上是一双一次性拖鞋。

他低头看着我的一次性拖鞋，又看看自己脚上的蓝色袜子，说：正装皮鞋，穿了一天，脚太痛了。

我点点头：我也是，穿了一天高跟鞋。

我们都僵在那里，夜风沿着我光溜溜的小腿往上爬，在浴袍里左右涌动，像我目前完全找不到方向的心。我讪讪说：你没走啊？

他若无其事点头：走不了，我没开车，安排的班车早走了。

我本来应当说"要不你打个车？"，但我在想象中扇了自己一耳光，生怕他真的去打车。滴滴太方便了就是这点不好，让很多原本顺理成章的情节失去了根基。

于是我们都装作没有滴滴这回事，为了让故事的逻辑进一步完整，他又说：宾馆都被片方包了，这附近最近的民宿，也要七八公里。

我裹了裹浴袍：那真的是没有办法了。

他还是只穿着袜子，坐在长椅上看我：真的是没有办法了，而且外面好冷。

外面一点儿都不冷，两个人都热烘烘暖乎乎，在夜风中散发出明确而浓厚的求偶气息。我的浴袍下面只有一条内裤，目前正在记忆中努力搜寻内裤的颜色和质地。我其实颇有几套性感内衣，但太久没有开展此项活动后我也松懈了，这大半年一直穿优衣库纯棉，目前只能期望不是肉色高腰那一款。

我有点慌张，忙着踢地上的小石头，但这地方也他妈的太干净了，地上根本没有几颗石头。我把方圆五十米所有石头都聚集到了脚尖，终于开了口：你要不要去我那里？我房间挺大的。

他想也不想，立刻穿好鞋子站起来：行啊，我都行。

我没忍住笑起来：你这套动作倒是挺麻利。

他点点头：毕竟刚才这一个小时已经演习了很多次。

要是我没下来呢？

他又歪了歪头：你不会的。

我面子上有点过不去：谁说的？要不是我恰好来阳台

上吃杏子……要不是我恰好想把杏核扔出去……要不是我恰好没有扔很远掉在地上……要不是我恰好低头看见你……要不是……

他堵住了我的嘴：这些都会发生的，迟早，你信不信。

我还是不放弃，把嘴唇移开：……但要不是酒店恰好在房间里放了一盘子大杏子。

他又牵住我的手：感谢酒店，酒店了不起。

我们就这么回去了，经过大堂时他大声对前台值班的小姑娘说：谢谢啦，你们好了不起！

我吓得连忙把他拽进电梯：神经病啊你。

那个小姑娘先是吓了一跳，看见蓝轩后又有点疑惑，露出苦苦搜寻的神情。等电梯关上，我说：你好像被认出来了。

他紧紧牵着我的手：可能吧，可能我已经红了，你说是不是？

我紧张起来：那怎么办？到时候你怎么说？糟了，说不定那个小姑娘现在正在看电梯监控。

他故意对着电梯摄像头亲我一口：让她看，让她也高兴高兴。

出了电梯我还是紧张兮兮：你不怕吗？

他一直牵着我的手：怕的，但我今晚不想去想这些事情。

我有点感动：好的，我们都不去想这些事情。

我们高高兴兴回到房间。房间确实不小，一张两米大床就这么跃入眼底，床上有舒舒服服的枕头和舒舒服服的被子，不远处还有一张舒舒服服的沙发，小是小了点，但两个人在上头重叠肯定没有问题。

在内心测评了一下场地之后，我们都有点害羞，目前也都没有喝酒，不大知道这项活动如何在清醒时进行。实话实说，我已经基本忘记了这项活动到底该按照何种流程进行。第一步到底是什么呢？是洗澡、热吻还是互诉衷情？

我选择了一条比较务实的路线，假意左看右顾，清了清嗓子：你要不要洗个澡？

他原本大概想走互诉衷情那条路，但听我这么说，只得点了点头：那我先洗一洗，你呢？

我指指自己的浴袍：我洗过了。

他摸了摸我湿乎乎的头发，露出不知道是不是经过导演调教过的那种专业眼神：要不然……

我大义凛然，拨开他的手：没有什么要不然，你自己洗。

他又露出专业人士的失望表情：好吧，咱们不着急。

他把皮鞋脱在门口，一身整齐进了浴室，留我在外头思考无数个操作性问题：等他洗完出来，我应该穿什么，还是什么都不穿？他会穿什么，还是什么都不穿？我应该躺在床上，还是沙发，还是地板？地板会不会有点硬？都到了这个时候，到底硬一点好还是软一点好？哦对了，我是说地板。宾馆有安全套吗？没有的话应该怎么办？这个见鬼的地方到底有没有 7-11？应该先喝点酒，还是就这么清醒白醒？需不需要一点背景声音？背景声音选什么合适？顶灯应该打开吗？还是黑咕隆咚比较合理？

等他出来时，这些问题都有了答案：他光着脚踩在地板上，除此之外一身整齐，连领带都还系在衬衫上，而衬衫扣到最上面一颗扣子。我一身整齐坐在床上，高跟鞋规规矩矩摆在床前。床头柜摆了两罐小冰箱里找到的百威，枕头底下整整齐齐埋了两个杜蕾斯。房内灯光昏暗，电视里正在放《甄嬛传》，正好放到果郡王死掉的那一集。

他也坐到床上，开了一罐啤酒，又看了两眼电视：嬛嬛好可怜。

我拿起另外一罐酒：皇后也可怜，华妃也是，众生皆苦，你说是不是。

他摇摇头：嬛嬛是另一种苦。

我也没问他是哪种，我们都喝起来，两个人肩并肩坐在床上，认认真真看起了甄嬛传。谁知看完一集还有一集，第二集放到一半，他终于凑了过来：万一他们通宵放这个怎么办？

我转过头看他：半个小时前我就在想这个问题了。

我们都笑了，这才开始接吻。他刷过牙了，嘴里一股薄荷加啤酒味，而我嘴里一股杏子加啤酒味。我们也算亲过很多次了，这还是第一次，两个人没有吃过麻辣小鱼干，或者东北大酱骨，或者泡椒凤爪，两个人的口气清新到可以去打牙膏广告。

起先大家都很温柔，后来却都有了怒气，好像彼此都在生气为什么这一天来得这么晚。我开始咬他的舌头，他则反咬回来，我们来回拉锯多个回合，却始终没有舍得离开对方的嘴唇。

后来不得不喘口气，我问：上一个你亲过的人是谁，感觉怎么样？

他想了想：杨幂，感觉还行。

我有一点不高兴：那我呢？

他又想了想：你舌头有点小，有时候不好找。

我气得打他的头，他则紧紧抓住我的手，又亲了上来，他说：没关系的啊，我慢慢找就行了。

后来当然是找到了，就像一条大鱼找到小鱼。两条鱼都感到热，他脱掉衬衫，露出一件松松垮垮的白色打底背心，我说：你在阿玛尼里面就穿这个？

他把背心也脱了：这件最舒服，我他妈的哪知道会遇到你。

他有点太瘦了，也没什么肌肉，脱掉衣服之后像一个少年。我低下头，轻轻吻过少年的胸膛，像十五年前那些最原始的春梦，那时候我的头发长得不得了，像某个童话故事的成人版。他低头看我吻他，看我的头发像波浪一般一遍遍来回卷过他赤裸的身体，他的皮肤上分明一点点渗出汗来，却偏偏一直在打冷战。如此这般过了许久，他终于不可忍受，伸手来脱我的绿裙子，那条裙子的拉链藏得很深，他找来找去没有找到地方，像个孩子一样生起气来：这是什么玩意儿？

后来还是得我自己来，长裙褪下后，他看看我的肉色高腰内裤和运动背心：你就穿这个？

我也有点羞惭：我他妈的哪知道会遇到你。

但这些终究不怎么重要，什么内裤啊胸罩啊之类的玩意儿，两个人还不是迅速光溜溜地躲进了被子里。奇怪的是到了这个时候，刚才那种迫不及待的欲望反而变得温柔，我们的手指都轻柔地拂过对方的身体，有时候接一会儿吻，有时候只是沉默着摸来摸去，在这个间隙，我们甚至聊了一会儿。

我问他：你技术怎么样？

他漫不经心捏着我腰间的一点点肉：我觉得还可以。

你觉得有什么用？别人怎么说？

我怎么知道，叫得倒是挺大声。

都大声吗？

他把手移到了大腿内侧，回忆了一会儿：应该都不小。

人家有可能是安慰你，女人是很善良的，有时候不想让人伤心。

他用手在我的腿上弹琴，不由担心起来：会吗？你有没有安慰过别人？

我没有，我是个诚实的人。

他懒洋洋翻身盖住我：我觉得我遇到的人应该都很诚实。

诚实的人从枕头底下翻出一个杜蕾斯：来，让我验证一下，你的历史到底是不是可信。

15

不应当把昨晚的一切纳入
系统的运转常例

我们在三点多睡了一会儿,睡前他挣扎着再去洗了个澡,我则私下感受了一下自己汗津津的身体,挣扎着问:一定要这么讲究吗?

他说:以后我们熟了就不需要了。

我翻身过去,打了个巨大哈欠:事不过三,我们已经很熟了。

最终我们一人裹了一床被子,中间很是隔了一点距离,像两个同事一起出差,没找到标间,只能分享一个大床房。起先他也想过要搞一搞抱着睡搂着睡这些形式主义,但五分钟后我们都放弃了,我又打了个哈欠:算了吧,睡也睡过了,现在各睡各的,你看行不行?

他点点头，从他的被子里伸出手摸我的耳朵：以后我们熟了就好了。

我把耳朵缩进被子里：不会的，以前我和男朋友就没有一个真能抱着睡。

他把我的耳朵又从被子里扯出来：以前是以前，我们是我们。

我们都沉默了一会儿，各自裹在被子里，盯着对方的眼睛。我们都从对方的眼睛里看见自己的眼睛，这种感觉就像刚才，我们都有一部分变成水，融进对方的身体里，又在对方的身体里变回自己。两个身体都充满怒气，既生气这一天来得如此之晚，又生气血里不知道混进了什么玩意儿让人不能抗拒。后来，后来我们就都放弃了抗拒。

我们这么深情注视了一会儿，然后两个人齐齐咚一声睡着了。我分明睡得死沉，但又完全明白发生了什么，梦里好像还有人伸出手，在我的被子四周寻找什么，我稀里糊涂，把自己的耳朵送了过去。

等我再醒过来，耳朵已经被他揪得又肿又痛，除此之外，我们倒是都完完整整地缩在被子里，像两个胖胖蚕蛹，等待化蝶，又舍不得化蝶。我们忘记拉上窗帘，我不用抬头就看见夜空中有闪耀的星星，也就几分钟时间，竟然就有流星划过。我这段时间正在看《笑傲江湖》，下意识想用衣服打个结，这才发现自己仍然是裸体。但那又有什么关系呢，许下的愿望已经实现了，还实现了一二三四次，我未免有点得意，想：我倒是像一个睡了令狐冲的仪琳。

我越想越高兴，一个人缩进被子里闷闷笑起来，没过一会儿，发现令狐冲也钻进了被子。令狐冲并没有醒，他应该只是在梦中听见了流星的声音，流星掉进我的被子，于是他也来了这里。

他抱着我继续睡了一会儿，这才迷迷糊糊醒过来，皱着眉头问我：你听见没有，刚才有个女的，一直在笑，好大声。

我想了想才说：听见了，这酒店隔音不行。

他还是有点迷糊：这么差？那刚才我们的声音……

我当机立断打断他：我想喝水。

他于是起床去给我倒水，从背后看去，他赤裸的身体有一条流畅曲线，像一条河，河水流去哪里，我的欲望就流去哪里，我们都有各自追随的东西，我追随河水，他追随流星。

他端了水过来，又带上仅剩的四个大黄杏，我们就这么赤身裸体坐在床上，一面喝水一面吃杏。不过一个晚上，杏已经软而多汁，我们都把杏核咬开，挑那里面的一点点杏仁吃。

杏仁也吃完了，他叹了一口气：杏仁好小。

人一旦醒过来，就有了羞耻心，我们起先还在伊甸园里，但目前已经是吃过苹果的亚当夏娃，各自都去扯了衣服想遮蔽裸体。

我躲在被子里艰难地穿好裙子，这才探出一个头：你饿不饿？

他则只穿好西裤，规规矩矩系了皮带，上面却还是那件松松垮垮的老头背心。他又四处搜了一圈，最后找到三颗薄荷糖，他分了两颗给我，自己剥了糖纸，说：我饿得要死。

我一口就把薄荷糖吃完：我也是。上一次这么饿，还是有一回和同学去爬山，我们迷路了，邢地方有熊你知道吗，真正的棕熊……

他打断我，以显示对熊并没有什么兴趣，他看了看手机：六点，酒店六点半才有早餐。

我也看了看手机：还有半小时。

他点点头：还有半个小时。

我们都在衡量这半个小时的意义，这个时间刚刚好，既没有短到让人慌毛火气，也没有长到让我们操心体力问题。他一伸手就把背心又脱了，凑到我面前：套还有吗？

我又从枕头底下翻出来一个：有的，这酒店真他妈的良心。

他开始解我的裙子，这回他轻车熟路找到了拉链，往下拉了一半又停住：对了，我还没问你，你觉得怎么样？

我正在解他的皮带，手并没有停下来：什么怎么样？

他正儿八经看着我的眼睛：我的历史啊？到底是不是可信？

我也正儿八经回他：有些事啊，我觉得你不要搞那么明白。

他伸手把裙子嗖地脱了下来，因为实在不想再穿肉色内裤，我里面什么也没有穿。他亲了亲我的耳朵，又让嘴唇一路下移，直到含住我的乳头，那嘴唇像一路埋下引线，如今终肯点火，我四周分明噼里啪啦升起了烟花，却仍然佯装镇定。

他抬起头：我想知道啊，尤其是你。

我别过头去：我有点忘了，这种事情谁会去记。

他俯身过来，把我压在身下：没有关系，让我再提醒你一次，这次你会记住。

我确实记住了。他进入我的身体时，万物还是沉沉黑影，但等他出来，天色渐亮，窗外飘过一朵又一朵粉红色的云，我好像童年时候玩过的一个叫"冒险岛"的游戏里的小人，从一朵云，跳到另一朵云。那个游戏没什么意思，不过一会儿这样一会儿那样，一会儿上天一会儿入地，一会儿摘果子一会儿捞鱼，玩的人也没什么目的，只是在这游荡中感到快活。这么说起来，我们目前正在进行的活动也是如此。

我们捞鱼捞累了，都出了许多许多汗，情欲是一场无处躲藏的倾盆大雨。这一回我们一起去了浴室，热气氤氲在玻璃门上，两个人沉默着共享一个莲蓬头，像大学时的公共澡堂。洗到最后他试图在这狭小空间里再来一次，但我说：撑不住了，我真的会死。

他没有放开我：你记住了吗？

我只得点头：记住了，是我小看你。

他这才满意，我擦干头发的时候，他还在浴室里头，快活地唱起了《捉泥鳅》。我本来就饿得不得了，这下更是想起了我妈做的莴笋烧泥鳅，他出来的时候我已经穿戴整齐，我问他：我们要一起去吗？

他并不避着我，就这么当面解开浴巾穿裤子，他有点疑惑：一起去哪里？

早饭啊，我们要不要一起。

为什么不要？

这酒店里住的全是娱乐圈的人，一大半都是记者。

他好像这才意识到这是个问题，一下愣在那里，我叹口气：要是你觉得麻烦，我可以先去，你等会儿再下来，我们不要坐一张桌子。

他下意识说：哦，这样也好。

于是我先去了餐厅。我不应该感到失望的，这原本就是意料之中的事情，我不应当把昨晚的一切纳入系统的运转常例，但不知道怎么回事，等上了电梯，眼泪已经有点失去控制。陆陆续续进来了几个同行，他们看看我，都体贴地转过头去，大家都习惯了，每个人都有每个人的伤心。

自助餐好极了。我哭是哭，光是烤培根和香肠就拿了满满一盘子，炒饭和炒米线又是一盘子。我抽着鼻子，让厨师给我煎了两个鸡蛋，叮嘱他只煎一面。我找到一个靠窗的位置，先把所有的肉类吃完，又吃完了淀粉，再去取了满满一盘子水果和甜品。在这之后，我决定去煮一碗小馄饨，馄饨一个只有指甲大小，撒上香菜、葱花和虾皮，我加了足够的胡椒。我想：有胡椒打掩护，再怎么哭起来也不会那么不好意思。

小馄饨一碗十个，埋头吃到第四个时，我对面有人坐下来，我擦了擦眼泪和鼻涕，这才抬起头来，一眼就看见那套永远的过气阿玛尼。

他看起来神清气爽，还用水给头发弄了个造型，我愣愣地说：这头发不行，有点土。

他用手拨了拨，说：是吗？我觉得还可以。

说完他从我手里拿过勺子，又把那碗小馄饨移到他自己面前，他舀起一个小馄饨，说：什么馅儿的？看着还可以。

16

这点风迟早都是会散去的，
但我们都记住了这一刻

小馄饨是荠菜馅儿的，他吃完一碗，又去排队等着煮第二碗。那队伍排得老长，陆陆续续有人认出了他，昨晚留下的除了剧组人员，基本都是媒体的人。我慌得满面发烧，埋头苦吃一盘子蜜瓜，耳朵却听了八百里远。

他后面隔了三五个人，有俩女记者正在聊天：……喂，你看看，前面那个，穿西装那个，对对对，就是头发有点土那个，你看是不是蓝轩？

不是吧？他怎么会在这里？

是不是有客串？那个嫖客是不是他演的？

哪个嫖客？抽大烟那个？

不是，抽大烟那个是个秃头，吃糖葫芦那个呢……咦，这酒店可以，甜品居然有糖葫芦。

女记者向糖葫芦看去，陷入苦苦回忆：……好像是，那个嫖客演得挺好，吃糖葫芦吃得嘎嘣脆，有股潇洒劲儿。

另一个女记者说：蓝轩倒是一直都演得挺好的。

是啊，怎么也不红。

快了吧，今年有部新戏不是和杨幂。

红了也就变了。

也是，红了就变了。

他拿着小馄饨回来，见我怅然若失，把瓜皮啃成一张纸，拍拍我的头：你别怕，镇定一点。

我已经不慌了，把瓜皮叉起来又啃了两口：你不怕我怕什么，你以为我们是谁？王菲和谢霆锋？他们怕了没有？

他愣了半晌，深深看着我：你说得对，我简直还不配怕什么，我早该想明白这一点。

我说：到你配的时候怎么办？

他坐下来，隔着桌子握住我的手：我会加油，你信不信，我会加油。

我有点感动：要不我们赌点钱吧，两千怎么样。

他摇摇头：我不拿这个去赌，有了昨天晚上，我永远不会拿我们去赌。

我们一时都有点哽咽，胸口有风，回荡着一点点勇气和难以计数的快乐。我们都知道，这点风迟早都是会散去的，但我们都记住了这一刻。

他吃完小馄饨，又去拿了两串糖葫芦，我们一人一串，咬得嘎嘣脆，手牵手走出了餐厅。冰糖壳子甜极了，更衬得里面的山楂酸到发苦，但在那个时刻，我们还没有吃完糖壳。

那两个女记者就坐在靠门的位置，两个人佯装镇定，拿出手机互拍，却分明是在拍我们握在一起的手。蓝轩则分明在吃糖葫芦，却忽然停下，转头说：那个嫖客他妈的不是我，你们再看看，我比他帅好多。

女记者呆成那样，还是兢兢业业，没忘记拍了两张正面照。我也突然涌起一阵职业荣誉感，心想都到了这个地步，别人写不如我亲手写，回去就给老板报个题，怎么说也是个独家，这个月也许还能多两千块奖金。自己写自己的料，这般壮举，也可谓是中国娱乐新闻界第一人了。

班车九点出发，两个半小时才能回到市区，我们坐在最后一排，打算美美睡一觉。睡前我问他：会不会醒过来，我们就上新闻了？

他打个哈欠：有可能啊，刚才那人不是拍了照。

你真的不怕？

他把头靠在我肩上：怕的，但我想看看到底会怕成什么样，说实话，我根本不知道自己到底有多怂……万一我太怂了，你不要鄙视我，可以吗？你不要鄙视我……

他没有等到我的回答，很快开始打呼，又把口水流在我的衣服上。前排所有人都在偷偷摸摸用前置摄像头往后看，我从包里摸出了墨镜，想了想又没有戴上：管球哦！老子以为自己是哪个？老子又怕你哪个？

我理了理头发，努力拗了一个在前置摄像头里比较美的角度。后来，后来我也睡着了，我睡得沉极了，一个黑梦套了另一个黑梦，在所有梦的中心，是金光闪闪两个大字：别怂。那金光起先还只是微微闪烁，到后来越来越亮，越来越刺眼，等我猛醒过来，见车窗外烈日当空，宛如盛夏时分。蓝轩已经醒了，正在徒劳地举着自己的外套，想替我的梦挡住太阳。

经过一夜纵欲和两个小时的暴晒，他印堂发黑，那水做的发型乱得一塌糊涂，下巴上长出青青胡茬，鬓角渗汗，领口渗油，袖子挽得很高，露出毛茸茸两只手。

我摸了摸他手臂上长长的毛，心中升起一股难以名状的柔情，轻声说：别举了，我涂了防晒。

他还是举在那里，大声说：你说什么？

我这才发现，车里吵得不得了，每个人都在扯着嗓子说话，我反而一时什么也听不见，我把他的手拽下来，说：怎么了？我们上头条了？不至于吧？

他看了我一眼：你看看手机。

我看了看手机，工作群里有上千条新消息，其他同行业的群也都差不多，但一时之间我还是没能理解：到底怎么了？

他把自己的手机递过来，简明扼要地说：你失业了。

我这才看到头条："……继 7 日北京市网信办责令网站遏制追星炒作低俗媚俗之风，微博、今日头条、腾讯等网站依法关闭一批违规账号后，昨天属地在广东的微信也有了大动作，不完全统计有严肃八卦、毒舌电影、南都娱乐周刊、芭莎娱乐等超过 25 个知名娱乐八卦号的微信公众号被封停。

"进入被封停公众号，这些被封账号显示：'接相关投诉，此账号涉嫌违反《即时通信工具公众信息服务发展管理暂行规定》'，而向涉事公众号发送消息，得到的是系统提示——'该公众号已被屏蔽所有功能，无法使用'，且所有历史内容无法查看。在微信'添加朋友'中搜索相关微信公众号可以发现，类似'严肃八卦新号''毒蛇电影新账号''芭莎娱乐新号'等公众号已经'诞生'，功能介绍中大多有'平台近期面临转型'等表述，不过这些账号是否冒名顶替也有待确认。"

我还是呆呆地：这没提到我们公司的号啊。

他说：你们在那个"等"里面。

他说得没错，我们在那个"等"里面。公司群已经炸了锅，我爬了大半个小时才把楼爬完，大家慌得要命，嗷嗷叫了一千多条，老板却只淡淡说了三句话：我知道了。我在外面。下午三点钟开会再说。

班车在京藏高速的入口堵了很久，等我们再回到鼓楼，已经是十二点半，理论上我这个时候应该立刻坐地铁，转三次后勉强可以赶上三点钟的会。但一下车蓝轩就说：我送你，你等我，我回家去开车，二十分钟。

我好像第一次意识到这件事：家？你在北京有家？

他奇怪地看着我：我十年前就买房了，那时候北京房子还不贵。

什么？你住哪里？

他往南胡乱指了指：三环边上，我打车过去，很快，你去麦当劳吃点东西，给我买个麦辣鸡腿堡。

我乖乖坐在麦当劳里，吃了五对鸡翅，喝了大杯可乐，又咬了半杯子冰块，觉得时间差不多了，这才去叫好麦辣鸡腿堡，站在路边，等着那辆破捷达来接我。

十分钟里过去了八辆捷达，最终却是一辆崭新的黑色帕萨特在我面前停下来。他摇下窗户，对我挥挥手：快上来，这里有摄像头。

我上车很久才有点反应过来：你那辆捷达呢？

那不是我的，是当时借的一个车。

那你本来就开帕萨特？

他没说话，把车开上了五环，这才慢悠悠说：还好你说的不是卡宴，我买不起的，我没有那么多钱。

我忍不住笑起来：你本来开什么。

他老老实实回答：宝马730，我存了好久，才买得起那个。

车呢？

和朋友换了，换的这个，他正好刚买了帕萨特。

我拿鸡腿堡砸他的头：你是不是傻啊？

他往旁边一躲：还行吧，他给了我两千块油卡，还有五十次洗车。

我得出结论：你确实是傻。

他看我一眼：是你你换吗？

我点点头：我换的，没有油卡我也换的。

他感到满意：我就知道。

两个傻子一起笑起来，我凑过去快狠准地亲了他一口，过了一会儿没忍住，又去亲了一口。

他努力忍住得意扬扬的神情，说：太饿了，你把汉堡撕了喂我。

我喂他一口，又亲他一口，那一路分明有快五十公里，不知道怎么会过得如此之快，等我们到了公司门口，那个汉堡才刚刚吃完。车里一股腻乎乎的油味，一直开着天窗也无法散去，浓情蜜意到了一个程度，也就是那股味道了。

他停下车，说：我得回去了，我晚上要和一个导演吃饭。

我说：好的。

我又亲了他一口，做出潇洒状开门下车。

他却拉住我的手：喂，你们公司是不是真的要倒了？

应该是吧，我看群里都这么说。

那你怎么办？

我也不知道，再说呗。

他紧紧张张，摸了摸头发，又来摸我的手，吞吞吐吐：我想……你看……好不好……

我感到奇怪：你想干吗？我看什么？什么好不好？

他好像一下放弃了：没什么，你快进去吧，两点四十五了。

我走了没两步，他又下了车，在后面叫我：喂。

到底怎么了？

他站在那辆崭新的帕萨特旁边，穿一套皱皱巴巴的西服，那样子不是不像在开一辆滴滴专车，但这回他说得倒是很利落：我想啊，要是你没地方住了，可以搬去我家……你看这样好不好？我晚上吃完饭，就来给你搬家。

17

这真是一个无与伦比的春天

他来得挺早的，连茉莉都还没睡，我们一公司的人都在院子里，一人拿了一罐啤酒，心事重重围住一头烤全羊。

羊肉起先烤得刚刚好，但我们太贪心了，总觉得味不够重，一直让师傅继续撒孜然和辣椒面，到了现在，已经辣得无法入口。不知道谁说了一句，"没事，涮一涮就行"，但我们甚至连进屋去拿矿泉水的心情都没有，一人面前摆了一个饭店配送的一次性纸碗，大家都把啤酒倒出来，用啤酒来涮羊肉。

羊是老板开会前订的，开完会羊就送过来了。烤羊店来了两个师傅，从一辆板车上搬下各式工具，以及赤身裸体四仰八叉的一头小羊，四肢用铁丝固定在烤架的四角，一双眼睛凸出来，直不愣登看着我。那惨状多多少少让人不快，我看了一眼，又看一眼，别过头去想：这就是我们的生活。

院子里有一株桃树，桃花正是开到最盛的时候，师傅站在桃树下烤羊，一群刚刚失业的人则坐在四周。茉莉大概是第一次见到羊，她激动到上蹿下跳，又像小熊一样挂在老板身上：妈妈，小羊死了！妈妈，小羊死了！

老板看起来很镇静，却也难免伤感，平日她抽烟都避着茉莉，这会儿借着烤羊的炭火点了烟，她说：是啊，小羊死了，我们也差不多。

开会时老板涂了粉底和腮红，化了一个完整的眼妆，却忘记了口红。她穿一条杏黄丝绸长裙，平时都挽上去的头发散了下来，遮住小半张脸。眼睛太大了，唇色又太淡，看起来处处别扭，但到了这个时候，这种别扭反倒显得应景。

老板说了三个意思：第一，号没了，投资人要撤，工资只能发到这个月底。第二，这房子刚交过一次房租，想住的人可以住到月底。第三，她会做一个新号，需要请两个助手，但是这次没有投资，所以工资她用存款发，只能发目前工资的一半，给一定期权。有兴趣留下的人，三天以内找她私聊，想走的人随时可以走，如果需要她帮忙介绍工作，也随时开口。

老板说到最后，声音微微有些抖，但她只是低下头去喝了一大口咖啡。再抬起头时，她顺手从胳膊上取下发圈，把头发重新挽起来，又拿出一支MAC的Dare You，胡乱抹了抹，于是那个熟悉的老板又回来了，她精神奕奕，挥了挥手：好了，就这么着，大家晚上多吃点羊肉，谁和我去买酒？

我和她一起去买了酒，推了茉莉的婴儿车。超市和公司有一公里远，要绕过小半个湖。老板买了两包橡皮糖，我们就一面吃糖，一面沿着湖岸停停走走。岸边杨柳抽出新枝，又尚未飘絮，艳粉色玉兰开了一树又一树的花，如果不是那些狗屁事情，这真是一个无与伦比的春天。但哪个春天不是这样呢，有玉兰，有爱情，就会有狗屁，没有干干净净的春天。

我挑了一颗橘子味的橡皮糖，对老板说：我留下来吧，你给我包吃住就可以，工资你看着给。

老板摇摇头：你不合适。

为什么？我怎么了？我稿子写得不好？你去查一查，我上个月有三篇"10W+"。

她还是摇头：和这个没关系，你不合适。

为什么？

你不会长长久久做这件事的，你只是来过一个假期，但我不同，这是我的事业，留下的人要和我一样。

我无法反驳，只能说：有些假期很长的。

再长的假期也是会结束的……走吧，大家等着酒呢。

我们于是推着车又默默走了一段，我忽然问她：要是我把假期变成生活呢？

她想了想：那当然也是可以的，但代价很大，而且你信不信，假期之所以快乐，就是因为它迟早要结束。

进公司时我终于问她：你和茉莉的爸爸……

她笑了笑：我们以前也有过很好的假期，但后来结束了，而且你信不信，假期结束的时候，我们真的都松了一口气。

那茉莉……

茉莉看见妈妈，正摇摇摆摆跑过来，老板一把搂住她，跟我说了最后一句：茉莉和这些没有关系。

我以为蓝轩过来之前会给我打个电话，但他打来时已经站在门外。我拿着一碟子依然辣得要命的啤酒涮羊排出门，见他站在一株玉兰树下，终于脱掉那身要命的过气阿玛尼，穿着一条墨蓝牛仔裤，一件土里土气的红蓝格子衬衫，头发刚洗过，也没整什么发型，乱糟糟的一团。他这副模样，搞得我一整个下午才勉强硬起来的心肠，目前又有点软。

我指指手上的一次性纸碟：我们在吃烤全羊，太辣了。

他指指肚子：我们晚上吃的海底捞，也很辣。

我又指指二楼我的房间：我没收拾。

那我在车里等你？你东西多不多？

我终于摇摇头：不多，但我先不收拾了。

他看起来有些失望，但也并不是没有松一口气，他说：那我回去了？

我点点头：你回去吧。

那辆帕萨特停在另一株玉兰树下，我们一起往车看去，他却并没有动，把双手插进牛仔裤后袋里，那样子看起来更

是显得土，像古老偶像剧中的男主角。男主角吞吞吐吐：我
觉得……或者……

女主角一头雾水：你又觉得啥了？或者什么？

他抬起头，痛痛快快说：我觉得，或者我也可以进去吃
一点烤全羊。

我愣了一会儿：你不是刚吃了海底捞。

毛肚都还没吃完，我就走了。

烤全羊很辣。

我能吃辣，海底捞我还蘸干碟，我精神上是你们四川人。

羊排羊腿都吃完了，只剩下一点羊头。

我可以吃羊头，我最爱吃头。

什么头？

什么头都行，鱼头，猪头，鸭头，羊头。

兔头？

他有点迟疑：这个还不行。

我哼了一声：不吃兔头不是四川人。

他挠挠头：我再努力努力。

我终于扑哧笑出来：走吧，我们去吃羊头肉。

我们手牵手走进去，院子里灯坏了一大半，大家都在暗
戳戳喝酒，起先没人看清我们，直到茉莉大声叫起来：男朋
友！男朋友！男朋友牵手手！

我把茉莉一把抱起，说：是哦，这是阿姨的男朋友。

大家愣了半晌，这才嘘声四起，他大大方方找了个小板凳坐下，说：你们好，我叫蓝轩。

　　小板凳上方的灯没有坏掉，同事们这才看清他的脸。坐在这里的都是业内人士，一时之间大家震到尖叫都没能叫出口，还是老板幽幽地喝了一口酒，说：我猜到了。

　　我心里得意到爆炸，却还是以冷静客观一脸好奇的态度问：猜到什么？

　　猜到这事儿啊，你和蓝轩。

　　怎么可能？连我都才刚知道。

　　有一次我去房间找你，你在洗澡，我看见电脑桌面了，两个人笑得跟傻子似的。

　　我的桌面是在泰国时拍的。我们坐在路边长椅上吃冰淇淋，我突然拿出手机：喂，大家萍水相逢，要不要合个影？

　　他舔着勺子上的最后一点葡萄干，懒懒说：既然萍水相逢，合影做什么？

　　我有点失望，就把手机收起来：哦，那走吧。

　　他却又不走，拿出自己那个极破的4S，慢悠悠说：你等等，我这个摄像头打开要两分钟。

　　我们便坐着等了那两分钟，摄像头终于开了，调成前置摄像头又等了三十秒，但我们都有耐心得不得了。在那个时刻，我觉得时间怎么走都是太快了。

　　我们坐得有点远，起先怎么拍都只有一人半个大头，他清清嗓子：要不你过来一点。

我便挪过去一点，却还是不够，他不耐烦起来，一把把我搂过去，又把头凑过来：拍不拍啊你到底？我这个摄像头再不拍又要自动关掉。

于是我们赶紧头凑头拍了一张，拍得有点糊，焦点不知怎么回事，对准了长椅背后的一株木绣球。绣球开了大朵大朵淡绿色的花球，像夜空中挤挤挨挨的云，又像海中升起一个又一个美人鱼化为的泡沫。照片拍得怪怪的，两个人都不怎么好看，都歪头歪嘴的，五官也都糊了，倒是我下巴上的一颗痘拍得清清楚楚。但后来我总把那张照片翻出来看，不是看两个人，而是看后面的绣球，也许我们千里迢迢在那里相遇，是为了那个夜晚盛放的花朵。

大家都开始起哄，要求去拿电脑来示众，我内心里一百个愿意，已经准备起身上楼了，却还是做出扭扭捏捏的姿态：哎呀，没什么好看的，两个人都拍得好丑。

没想到蓝轩慢悠悠掏出了一个崭新的 iPhone7：看我的桌面吧，我这里也是那个。

18

是啊，我自由了，谢谢你

我没去他家，他倒是留在了我这里。我那张床就一米二，我整个晚上盘算了好几次，两个人也许可以头挨头脚靠脚地缩在被子里，像一对偷偷摸摸没钱开房的大学生。

起先他也佯装没这个计划，大家让他喝酒，他装模作样表示：喝不了，等会儿还要开车。

大家一阵嘘声：你哄谁呢？来都来了，还不过个夜是咋滴？看不起我们公司小是咋滴？再小能少了你们一张床是咋滴？

他看着我，我看着地面，扭扭捏捏说：你看我干什么，房子是公司的，床也是公司的。

老板递给他一罐燕京，最终一锤定音：住下来呀，想住多久就住多久，那张床是不是太小了，我给你们安排一张别的。

他把啤酒打开，喝了一大口，露出憨憨厚厚的表情：不用了，床不嫌小的。

大家哇哇乱叫起来，老板转头对着我：你男朋友可以。

我得意起来：真的，我也是刚知道呢，我男朋友确实可以。

我们在院子里待到半夜，可以清晰感觉到露水在半空中凝结。两箱啤酒早早变成一地酒瓶，所有食物都被吃光了，不要说黄瓜，连瓜子壳都被反复翻检，看还有没有什么漏嗑的。大家都渴得要命，最后连矿泉水都没有。大家起先轮流去烧水，后来水也懒得烧，在院子里接了自来水直接喝。北京的自来水冰得要命，但不知道怎么回事，在大家都醉了之后，氯气的味道倒是像气泡水，每个人都喝了一肚子氯气，满嘴吐泡，他们困得东倒西歪，我和蓝轩就在氯气泡泡里偷偷接吻。

后来大家终于决定散了，我带他回到房间。房间没什么可说的，四下白墙，墙上贴了一张打印出来的《缘分天注定》海报，一张书桌，一张床，一个衣柜，我回来后买了一些书，都堆在床上，占了整张床的起码三分之一。

他看了一眼我的床，说：挺宽的啊，够了。

这句话说完，他踢掉鞋子，倒头便躺了下来，和我的阿伦特、加缪与陀思妥耶夫斯基抱在一起。我开始也试图把他推醒：喂，喂，你总得洗个澡。

他翻个身，把口水流在黄仁宇上面，连眼睛都没有睁开：

不洗了，这么熟了，不用洗了。

话虽这么说，我还是规规矩矩洗了个澡。出来后观察了那张床许久，确定我一时之间无法搬开那些书，以挪出一个我足以躺下的位置，于是我拿出瑜伽垫和毯子，铺在床边，转头便睡了过去。今晚我们的距离自然没有昨晚近，两个人都困得要死，也没有什么不可控制的性欲，但我们都睡得让人讶异地安心。我很快开始打呼，中间因为打呼声音太大甚至把自己吵醒了一次，黑暗中我听见他的呼声，一长一短，一高一低，仿佛有什么命定的旋律，我默默笑了一会儿，又转头睡着了。这一回我大概没有打呼，也有可能就从那个晚上开始，我们的呼声合在一起，变成了彼此生活默认的背景。

我醒来时已经过了十点，一睁眼就见他盘腿坐在我身边，一面啃一个蔫不拉儿的苹果，一面看那本封面有可疑水迹的《万历十五年》。

我宿醉未醒，扶着头说：哪里来的苹果？

他头也没抬：我出去买的啊，你要不要？还有三个梨，超市里就这些。

我舔舔嘴唇：梨也可以。

于是他洗了一个梨，递给我的时候说：那个皇帝挺好玩的。

哪个皇帝？

万历皇帝，挺好玩的。

我想了想，才想起来万历是谁：哦，他啊，明朝皇帝都挺好玩的。

他又说：昨天经纪人给我谈下来一个项目，我可能也要演一个明朝皇帝。

哪个？明朝皇帝都好丑的。

他努力回忆了一会儿：好像姓朱吧……是个坏人。

我抢过黄仁宇打他的头：不姓朱还能姓什么？你实话告诉我，你初中到底毕业没有？

他还是一脸茫然：你说什么？我怎么知道还能姓什么，经纪人昨天才告诉我。

我绷不住了，凑过去和他亲了一会儿。我手里还有大半个梨，他手里还有小半个苹果，我们都舍不得放下手里的东西，又都想更紧地抱住对方，所以当这个吻结束之后，两个人又都扯了湿巾，给对方擦头发和衣服。

他一面替我擦发梢，一面说：昨晚吃海底捞，经纪人还给我说了另外一件事。

什么？

那两个女记者，找到他那里了，问我们要不要花点钱，把照片买回去。

听说这种事情是很常见的，但我毕竟是个在美国住了很多年的"外宾"，一时之间还是感到震惊：多少钱？

五十万。

我跳起来：什么？我值这么多？

他用湿巾死命搓了搓我的耳朵：是我值这么多。

我上下看了看他：你们给了？

我就是想跟你说这个。

什么？

我没给，我和经纪人吵了一架，他想给，我不肯。

为什么？

他把湿巾一摔：你实话告诉我，你这个智商到底怎么去
的美国？

我还是有点懵：所以我们就要公开了？

他拿出那个速度嗖嗖的崭新 iPhone，打开新浪娱乐，往
下翻了好久，翻到一条图片新闻：《蓝轩恋情曝光！酒店自
助餐厅甜蜜牵手！女友身份不明，疑为普通女子》。

下面是我俩手牵手的照片，我穿着那条自我感觉美得要
死的绿裙子，镜头对我也还可以，头发不油不塌，脸不歪不大，
腰那里是腰，腿那里是腿。但新闻说得没错，照片里是一个
不折不扣的"普通女子"。

我把那二十八个字反复看了十遍：就这个？

他点点头：就这个。

我又指指下面的评论：三个评论。

他又点点头：是啊，还有一个是色情广告。

我愣了半晌才说：你没有粉丝团吗？

他一屁股坐在床上：有的，我本来以为我有一个，昨天经纪人才说那是他弄的，花了二十几万。

我们面面相觑好一会儿，终于一起大笑起来。起先只是笑到一起揉肚子，但笑着笑着，不知怎么我们都滚到了瑜伽垫上。他把手伸进我的睡衣，又被我推了出去：这是公司。

他又伸进来：公司有墙的。

我又推出去：这个墙不行，茉莉每天在我耳朵边上哭。

他锲而不舍，这回进来后牢牢抓住左边乳房：你又不是茉莉，你就不能小声点？

我醍醐灌顶：你说得有道理。

他把手慢悠悠下移：我做得更有道理，你要不要试试？

我有点讶异：你什么时候变成这样的？

他已经在脱我的内裤：从我发现我的恋情曝光只有三个评论开始。

我有点高兴，抬起身吻他：你自由了。

他也深深吻我：是啊，我自由了，谢谢你。

那一次我们做得很慢。他进来一会儿，感觉快到了，就又出去一会儿。他出去的时候，我们就聊毫不相干的事情来转移注意力，有好几次我们几乎要失败了，我甚至拿起书，给他读了好长一段黄仁宇，从"张居正的不在人间，使我们这个庞大的帝国失去重心，步伐不稳，最终失足而坠入深渊"，一直读到"在御宇48年之后，万历皇帝平静地离开了人间。

他被安葬在他亲自参与设计的定陵里，安放在孝端皇后和孝靖皇后即恭妃王氏的棺椁之间。他所宠爱的贵妃郑氏比他多活了十年。由于她被认定是国家的妖孽，她得不到任何人的同情"。

他喜欢这一段，重新进去之后很久，他还在说：原来万历皇帝这么可怜。

我闭上眼睛，感觉他在我的身体里的力量和缠绵：是啊，他好可怜的。

我们当然可以做完一次，再来一次，但在那个时候，我们好像都不想这样，我们好像不想结束任何一件事情。我们就这样做做停停，消耗了整个白天，我们在床上看见绚烂的夕阳，温柔的晚霞，我们看见光如何照亮湖面，又如何在湖面一点点退去。万物必定会在抵达某个顶点后渐渐下行，那天他一直没有到那个顶点，好像只要如此，我们就不会下行。

19

现在我悬在半空中，我总得落地

　　所以现在我是个有男朋友的人了，我每天都要把这件事喜滋滋想八百遍，刷牙的时候，晒衣服的时候，按照世界卫生组织的规定全身去角质的时候。有一次我煮速冻饺子，因为全程忙于发微信，不小心倒了半袋韭菜猪肉馅儿的。饺子煮过头了，馅儿漏了一锅，那味道在屋里盘旋整日，我就在韭菜味儿的空气里化妆、洒香水、严阵以待等他来接我。出门的时候我闻了一下浑身上下 Dior 真我混着湾仔码头的味道，还是喜滋滋想：这有什么关系，我现在是个有男朋友的人了啊。

　　男朋友一般下午来接我。有时候我住在他那里，有时候他住在我那里，有时候他把我送回来，再自己开车两个小时回去。他距离下次入组还有二十天，但我们并没有每时每刻都待在一起，我们短暂分开，又短暂相聚，爱情由此显得迫切，因为一切都有个限期。

男朋友的家在南二环和三环之间的一个小区，楼下花园种满石榴，五月到了，满院石榴花像一场大火。小区有点旧了，没有地下车库，我们总把车停在开得最盛的那一株石榴树下，又在车里接吻、聊天，吃麦辣鸡翅和薯条，分享同一个麦旋风。我们磨蹭许久许久，这才能下车上楼。到那个时候，车顶上已经落满石榴花瓣，他有时候会说：真的很美啊，奇怪，以前我都没有注意过。

我牵着他的手：以前你没有我。

他家是一个南北通透的三室一厅，开发商带的精装修，一进去倒像我爸妈住的房子，吊顶雕花，地板朱红。卫生间小是不小，但连基本的干湿分离也没有，我就站在马桶旁洗澡，洗完了再擦干马桶。我去住的第一个晚上，他找了很久，才找到一套干净的床品四件套，床单上满是大朵大朵红牡丹。他说：开发商送的，还送了一个电饭煲。

我买了一袋泰国米，晚上就用那个电饭煲煮一锅米饭，就着饭扫光和梅林午餐肉，一人两根黄瓜解决维生素。我在美国这么多年就是这么混过去的，米饭配午餐肉，面条拌老干妈，速冻饺子加醋。饭扫光吃到第五天，他终于在楼下菜店买了肉馅和豆腐。他不会炒菜，就把肉馅倒在豆腐上，再倒上一点蒸鱼豉油，微波炉高火转五分钟。我一面吃一面赞美：没想到你还会这个。

他把豆腐捣碎了拌饭：以后我再学点别的，我经纪人挺会做的，他用微波炉就可以烤排骨，以后我也做那个，你不是说你最喜欢排骨。

在那条只有三个评论的新闻之后，他似乎真的自由了。他从我这里学了不少四川话，现在已经可以熟练使用：管球哦。随便整。老子不虚。人是很奇怪的，语言一旦豪迈，一股豪情就随之而来，当他一句话里提到两个"以后"的时候，我多希望我也能有这种豪情，我希望自己能说：管球哦。随便整。

但我没有做到，过去三十年人生沉沉压在当下，我随便整不起来。我昨晚熬了个通宵，清晨六点把论文发给导师，他一个小时后回我：黄，为你骄傲，九月见。

九月，九月院子里的石榴都熟透了吧。一旦谈及"以后"，时间就开始分叉：一个"以后"里，有玛瑙般的石榴和微波炉烤排骨，有晨昏颠倒的性，更有让人神魂颠倒的爱。而另一个"以后"里，有一个勤勤恳恳的小讲师，她上课、写论文、批改考卷，拿税后三千美元的工资，在 tenure track 上爬了一年又一年，她也会恋爱的吧，但肯定不是眼前这种爱。

我无法在两种以后中做出选择，只能沉默下来。我们默默吃完了一大盘子豆腐，他起身去切西瓜，吃到第三块西瓜的时候，他终于说：你们公司的房子是不是快到期了？

我也低头吃西瓜：是啊，就这个月底。

那你打算住哪里？

洪雨那里。他室友搬了，正好找合租，他还给我介绍了一个给他们公司写宣传文案的兼职，一个月六千，交房租和吃饭正好没问题。

这一次是更长的沉默。他似乎想了许久才知道如何开口：你可以住我这里，你要是需要，我们公司也在招宣传，我可以让经纪人去说一说。

我把西瓜籽一个个挑出来：我以为我们讨论过这个问题了。

那时候和现在不一样。

现在还是一样，我不想住这里。

为什么？你就没有和男朋友同居过？

有的，但那是为了省房租。

现在有什么区别，你搬过来，就可以省房租。

现在不一样。

你刚才还说现在一样。

我把西瓜籽一粒粒排队，让它们像一只微小的队伍：那时候我在自己的生活里，现在我不是，现在我悬在半空中，我总得落地，这是迟早的问题。

他有点迷茫：你到底在说什么？要是你不喜欢住我的房子，我们就一起去租一个好了。

我摇摇头：太麻烦了，我还得走。

你要去哪里？

我要回美国，我不是早就告诉过你，我只待一年。

他把手上那块西瓜一点点捏碎，像不知道谁的血流成了一条河。他过了许久才抽了纸擦掉，点点头：是啊，我记得，你说过的，你还要回去读书，你只会待一年。

我撕了纸，一点点擦桌子：不止是读书，我还要找工作，三十岁了，我总得挣钱的。我还想买房子呢，你知道吗，就是那种普普通通的小 house，有个院子，我想种点菜，我们中国人嘛，总是想种菜的，小米辣，乌青菜，红菜薹，你喜不喜欢吃红菜薹？

他仍是茫然：喜欢啊，我最喜欢吃红菜薹……这种房子很贵吗？

我摇摇头：不贵的，一点都不贵，我工作三年就能存出首付了。

他翻出自己的手机银行：你看看，我其实挺有钱的，这些够不够？

我愁肠百结，仍是笑起来：那和我有什么关系？

他愣了一下：没有关系吗？

我又想了想，更斩钉截铁了：一点都没有。

他点点头：哦。

他手上留着斑斑红印，他也没有去洗手，起身之后便坐在沙发上对着电视。电视并没有打开，但我们都假装没有这件事，我假装一直洗碗，他假装一直看电视。

那天晚上他的新戏要开播，就是女主是杨幂那部，我们本来要一起看的。但我洗了很久很久碗，洗完之后又仔仔细细把灶台擦到闪闪发光，做完这些之后，我再一次确认了自己的心意，我说：我先走了，我今天有点事。

他连站都没有站起来一下，还是那么盯着根本没有打开的电视，他甚至假装摁了一下遥控器：好的，那我就不送你了，我也有点事。

穿鞋的时候我似乎听见他问我：几月？那是几月？

等上了电梯，我才小声回答：九月啊，就在九月。

我出门找了一会儿才找到地铁。地铁口有个小卖铺，我本来想进去买包烟，但不知道怎么回事，又换成了一支梦龙。老板一面找钱，一面看着丁点儿大的手机上的电视剧，我一眼看出那是个丁点儿大的杨幂，便索性拆了梦龙，站在那里看了起来。电视剧土土的，土土的外景，预告片里有很多土土的QQ签名档台词：

在爱情里，最大的过错是错过。

我觉得，是成年人了，总有事要做，有路要赶，有人生要继续，只是，我的心，一层一层地冷淡下去。

握在手上的爱情如千钧于一发，即使失去的时候，我没有哭过。

……

台词说得不对，我很快便哭了起来，梦龙又快化掉，我只得一面落泪一面拼命吃。老板是个敦敦厚厚的年轻男人，手足无措尴尴尬尬地开了一包纸巾递过来：这片子是挺感人的。

我擦干了眼泪，但眼泪之后还有眼泪，我说：是啊，男主角长得好看。

他又看了看屏幕：是吗？一般吧，有点眯眯眼，好看还是杨幂好看。

我突然生起气来，猛地把纸巾扔在玻璃柜上：怎么一般了？你去路上找找，能有几个这种一般？这还叫一般？那谁不一般？梁朝伟吗？我看梁朝伟也是个眯眯眼。

老板吓了一跳，赶紧又看了两眼：你这么一说，确实不是很一般。不，不，特别不一般。

我这才放过他，点点头：当然了，是我男朋友啊，当然不一般。

说完我便转头进了地铁口。地铁里人多得不得了，每个人都垂头丧气等着过安检。我翻出手机放那部电视剧，他在里面梳一个油头，穿那套我熟得不得了的过气阿玛尼，皮鞋锃亮，露出一点点藏蓝色的袜子边。霸道总裁可能是这个样子的吧，看起来咋咋呼呼的，但我的男朋友不是啊，我的男朋友没什么品位，整日乱穿，在家总穿一件洗得发灰的老头衫。他对我的性感内衣也没什么兴趣，反正要脱的，他说，你穿不穿都行，只要是你就行。

我拿着手机，想和四周所有人宣布这件事：这是我男朋友啊，我男朋友比电视上还好看。

但每个人都有每个人的心事，每个人都像我一样，一路低头，对着一部小小的手机。那部电视剧有一种土土的魅力，我原本非常伤心，但饶是如此，也笑了好几次。看完第一集我就知道，他的人生从此会不一样了，张艺谋没有带给他的东西，他终是靠自己得到。但和所有事情一样，得到本身也意味着某种失去。

我一出地铁便收到他的微信，他说：你到家没有？

还没有，但我看了你的新戏。

他过了许久才回：是吗，我还没有看。

为什么？

为什么？因为这不是我现在最在乎的事情。

我关上手机，走在一条根本看不清方向的长路上，路旁有灯，顶上也有星星，但这些没什么用，我最终得靠自己的眼睛。我想，我得快点看清楚，这条路到底通向哪里，而对我来说，到底什么才是最在乎的事情。

20

湖一直在这里，等我们一起，来看一个更圆的月亮

　　到了六月，我搬进洪雨的房子，一个巨大的商住两用小区。那地方都快靠近通州了，因为紧挨六号线而住满了我们这种人：红不起来的演员、没有项目的编剧、卖不出画的画家、找不到工作的博士。小区像个寻宝地图，有你能想到的所有东西，洪雨甚至带我去隔壁楼看过一场画展，一室一厅的 loft，画家在门口贴了一张二维码，门票二十块，送一根橘子冰棍。画非常差，但冰棍还可以，那个画家拿出一罐子果珍，兴高采烈说：我亲自做的。晚饭后下楼扔垃圾，接不到演出的摇滚乐队就在垃圾桶旁直播，架子鼓上贴了二维码，三十块钱就可以点歌。我有一次想点一首 *In My Secret Life*，主唱看我一眼，又看我一眼，说：这首啊，这首免费。

房租两千二，洪雨把有阳台的卧室给了我。每晚睡前，他便拎着一个粉红色水桶过来收衣服晒衣服，我在阳台上铺了一张草席，等他晒好衣服，我们便坐在草席上抽烟和嗑瓜子。

洪雨刚演完杨康，又新签下了两个网剧的男二，钱是还没挣到，但处于一种肉眼可见的事业上升期。人在上升期的时候是不一样的，连头发丝丝都有了生命力，好像时时刻刻四周有个鼓风机。一上升洪雨就懒了下来，不再周二保湿周四美白周六深层清洁。有一次他的雪花秀用完了，便下楼花十块钱买了一瓶大宝 SOD 蜜，他一面抹大宝一面说：想想也没什么意思。

什么没什么意思？

红啊，红了也没什么意思。

你怎么知道？

想也能想到啦，多点钱咯，除此之外，还有什么意思。

也许可以拍到真正的好戏。

洪雨全身上下都涂了大宝，他冷笑一声：是吗？你去问问蓝轩，他红了是不是能拍到真正的好戏。

蓝轩确实红了。四十集的电视剧，播到第二十集，他已经上了好几次热搜，我起码三次在六号线上看见年轻女孩子对着他那对眯眯眼，笑成了另一对眯眯眼。他有了真正的粉丝团，我们之前那条三个评论的绯闻照自然也被翻出来了，被粉丝们反复贴在他的微博下面。他的微博原本就不怎么用，这个时候倒是很利于装死，现在下面有成千上万的评论，洪雨的日常爱好就是给我读那些自说自话的热评：

> ……
>
> 好丑啊，这女的谁？
>
> 女助手吧，哪里有牵手，都是角度问题。
>
> 对，只是角度问题。
>
> 也有可能是故意蹭热度。
>
> 肯定的，就是蹭热度。
>
> 哪里来的妖精？滚，从哪儿来的回哪儿去！抱走我家哥哥不约。
>
> 不约。
>
> 不约。
>
> 不约。
>
> ……

我笑到抽筋，却又有点惆怅，是啊，我是哪里来的妖精？我又该回哪里去？

我们有一阵子没见面了。他去了上海，拍一部不知道什么电视剧，走之前他给我打电话：明天你在家等我一下，我有点东西给你。

我说：明天不行，明天我得先搬点衣服过去那边。

他沉默了一会儿：那你等我，我帮你搬。

我根本不用等，他来得像鸟那么早，我和老板正坐在院子里吃早餐，小茉莉更早就被送去了幼儿园。早餐非常简陋，小米粥，豆腐乳，黑咖啡。这种豆腐乳是他给我推荐的，有一天早上我在喝小米粥，他手里不知拿了什么，藏在身后，露出神神秘秘的表情：我要送你一个礼物。

我满心以为，他要送我上次在新光天地一同看见的那对钻石耳钉，不免有些假惺惺地不好意思，只能佯装好奇：什么？

他慢动作一般，从背后缓缓拿出一个四四方方腐乳罐子，

我完全傻了：这什么？

豆腐乳啊，王致和。

我仍是没有反应过来：你要送我豆腐乳？这就是你的礼物？

他点点头：这不是一般的豆腐乳，这是我十年来吃遍了世界上所有的豆腐乳后才发现的豆腐乳啊，这是王致和的玫瑰腐乳。

我盯着玻璃罐上"玫瑰腐乳"四个大字发呆：谢谢你。

到了今天，夏日尚显温和，四面清风徐来，院中开满带刺的小玫瑰花。我们一起看着小碟上那两块玫瑰色的腐乳，一时都有点心酸。老板见了他：吃吗？

他点点头：那就吃一点吧。

三个人吃了五碗粥，把两块腐乳也干干净净吃完，收拾

的时候老板没有客气：你们洗吧，我还有点事。

他挽起袖子：我来。

我于是帮着他把碗收进厨房，他像是什么也没发生过，轻轻松松问我：你们老板还没搬？

还没，小茉莉喜欢这边的幼儿园，她就说等到最后。

你呢？你要等到最后吗？

我想了想：不一定吧，看那边什么时候收好，迟早都要搬的。

他点点头：你现在很喜欢说"迟早"，是啊，迟早的事情，能早一点就早一点。

我难过起来：我不是这个意思。

他满手泡沫，转头看我：那你可以告诉我吗，你到底什么意思？我想了好多天了，我真的想不出来。

我沉默半晌，试图转移话题：新戏很成功，恭喜你。

他还是盯着满池子泡沫发呆：是啊，还可以，收视率昨天破了 1.5。

经纪人很高兴吧？

高兴到哭，哭了好几回。

你呢？

他打开水龙头，让水柱在泡沫中回旋：我？我就那样。

为什么？

他迷茫地摇摇头：我也不知道，我明明梦想过一万次能有今天。

我上前去替他把碗都清好，又用厨房纸一一擦干，我说：可能什么事情都是这样吧，梦想的时候会快乐一点。

他有点惆怅：可能吧。

我们把碗收好，又一起上楼，一进门就看见我那床小小的单人床，像大学生一样，铺着蓝白格子床单。床上本来只有一个枕头，他自己又带了一个过来，他有一阵没来了，我却也没有收起来，两个枕头还是整整齐齐排在一起。在那个瞬间，那些并不丰盛、却满是火花的记忆就这样披荆斩棘，来到两个人眼前。

我们都盯着那个枕头发了一会儿呆，他终于说：你的衣服呢？收拾好没有。

我点点头，指指床边的一个编织袋：就那些。

他突然说：你还有一些衣服在我那里。

我一时慌张起来：……那些啊，那些没关系，我暂时也不穿了。

他把编织袋拎起来：我也暂时不打算还你。

进城这条路他开了这么多次，今天却走错了一个路口，我们莫名其妙地，一直往北开去，开了许久许久，路旁渐渐没有什么房子，我一度疑心我们已经开出了北京。我不敢问他，可能也不想问，路旁白杨长到天上，而天上是连绵不尽的白云，天上天下的两条路都像是一直不会有什么尽头，而我们也默默盼着如此。

蓝轩突然说：好多记者找我回应。

回应什么？

我们的照片，现在转得到处都是。

我知道。你们公司打算怎么回应？

他望着前方，紧紧抿住嘴唇：公司想说有这回事，但已经过去了。

我点点头：一般都这么说。

他转头看我：你希望我怎么说？

我并不敢看他：我？我都可以，反正……

他第一次在我面前露出怒气：反正什么？反正这是迟早的事情，对不对？

我转过头，看窗外那片浓到让人窒息的绿色，感到一种令人窒息的心虚：我不是这个意思。

他猛地把车停了下来：你他妈能不能不要只有这句话？！你他妈能不能痛痛快快告诉我，你到底什么意思？

我说不出话来，他则突然从兜里掏出一个破得要死的4S：当时是你要加我的微信。

两个人就这么面面相觑，我的眼泪完全没有什么藏身之地：是我加你的。

是你先喜欢我，从第一天开始。

我又点点头：从第一天开始。

我有动摇过，但我中间一年多一直没有找过你。

你一直没有找过我。

是你他妈的又来了北京。

是我来了北京。

他摇下车窗，把那个 4S 扔了出去：那你现在告诉我，你到底怎么回事？

我斟酌了很久才说：我没有想到。

没有想到什么？

没有想到我们真的会在一起。我回来的时候想的是，三十岁了，就让我做场梦吧，梦醒了，我就回去。

他冷笑起来：你把我硬拽进你的梦里，现在你说你要醒？

我还能说什么呢，我甚至无法去说一句"对不起"。

他看了我许久，突然推开车门，往刚才扔手机的那片树林走去。

也就一分钟时间，他又回来了，手里并没有拿着捡回的手机，他打开我这边的车门：你快来看。

看什么？

他不耐烦起来：快下车。

我只得下了车，和他一直往树林里走。还有五百米我就知道了，这是那个湖，那个他第一次想来找我时，却走错了的那个湖。那个时候他对我说："那边挺好的，连水里的月亮好像都比别的地方更圆，以后我们再去，也不知道还能不能找到。"我们从来没有真的找过，但湖一直在这里，等我们一起，来看一个更圆的月亮。

　　他看了许久湖，又看了许久我，突然拿出手机。也就五分钟时间，我的手机发出不绝于耳的声音，我拿出来一看，微博上有八百多个 @，三千多个评论，所有的 @ 都来自他那里，因为他转了一个粉丝发的照片，又写上一句：谢谢大家，我们自己会努力。他 @ 了我的名字，又加上月亮的图标，微博上的月亮是一个月牙，就像现在天上的那个一样，这是白日下的月亮，美丽，黯淡，像是随时会逝去。

21

就像我们经历的风，就像
我们经历的大火

目前的情况是这样：所有人都以为我在谈恋爱，但我其实并没有什么恋爱可以谈。

那条微博之后，我的小学同学、初中同学、高中同学、本科同学和研究生同学的微信群都分别沸腾了一轮。博士班上没有群，但我们有个邮件组，班上另外一个中国同学，兢兢业业地把报道和微博全部翻成英语，给大家群发了一遍。按照他的翻译，我正在和中国的超级明星热恋。有同学来问我，哇，那是谁？ Daniel Wu 吗？还是 Tony Leung ？我只能说，I wish。

导师也给我写信：亲爱的黄，他看上去极为英俊、温柔和体面（decent），为你高兴。然后他另起一段：论文已通过，将于明年三月发表。为你骄傲，爱你。

我反反复复看这封邮件，不确定到了如今，两个段落到底应该怎么排序。我又想到万寿寺，想到王小波说，我既可以生活在这里，也可以生活在别处。我当然也可以，但两手空空的时候谈选择是一回事，两只手都攒满的时候，又是另一回事。我两手空空回到北京，以为这就是上帝给出的考卷，谁能想到上帝他老人家这么狡猾呢？我以为自己考得挺好，结果考卷翻到背面，还有两道大题。

　　我高考之后就没这么害怕过了，只想缩头缩脑，躲在我那快要没有的工作下面。公司在三天里接了八百个电话，来自媒体、粉丝和找我申冤的访民。老板起先试图装死，后来终是不堪其扰，客客气气把我叫进了办公室。办公室大倒是大，只是从落地窗望出去有一个多年不填的地基坑。老板是个四十多岁的文艺青年，半屋子贴满了伍迪·艾伦和小津安二郎的海报，还有半屋子则是旗下艺人们参演的作品，大部分都是上不了什么台面的抗日剧和网剧。我一进去就看见洪雨演的杨康，油头粉面的样子，手里拿一只穆念慈的绣花鞋。

　　老板给我泡了一杯明前龙井，毕恭毕敬地双手递上：那个，黄小姐，咳，您也知道，我们公司小，钱也少，咳，我都说不出口，这个工资，实在委屈您了。咳，您说您每天这么地铁来公交去的，也没个嘛意思。咳，要不我给您介绍个别的公司？或者您休息一阵，您看这样行不行？

　　我老老实实回答：不行啊，我休息不起，我要交房租，我还欠了一个朋友三千美元。

老板明明是东北的，一着急起来，不知道怎么就变成广东人：黄小姐，您怎么这么会开玩笑啦，您男朋友下部戏就是一千万起跳啦，您还在这里跟我说什么三千美元，您这样就没意思的啦。

我有苦说不出，只能咬牙扛下这个崭新人设，半真半假地求他：老板您别赶我走啦，我会好好工作报答公司的啦，我好说歹说也是个文科博士的啦，大家一个圈子，以后抬头不见低头见的啦。

他想了想，大概确实搞不清我之后还会如何飞黄腾达，便勉为其难让我保住了工作。回到小小工位，我一时感慨万千，对这份搬砖工作竟生出了一种全新而热烈的感情，一鼓作气写广告文案写到十点，这才慢悠悠往地铁走。路旁便是那个地基坑，黑洞洞没有一丁点灯光，月亮已经近乎满月，但在一个巨大的坑面前不过杯水车薪。我想，这他妈的怎么回事，人一倒起霉来，看见万事万物，都疑心是上帝在暗示什么正确答案。

路边有人在卖烤冷面和铁板鱿鱼，劣质辣酱的味道在风中打旋儿，一下瓦解了我回家的意愿。我要了特辣的冷面和鱿鱼，在马路牙子上坐了下来，我一面吃一面看着月亮，又回到了那个湖边的夜晚。

他发了微博，便关掉手机，也不理我，就在湖边寻了一块石头坐下来闷头抽烟，他吐出的烟圈歪歪扭扭，像一个又一个的泡泡，在碎裂前已经飞向银河，这个场景让我感到熟悉，似乎我们曾经有过、或者早该拥有一个如此这般的夜晚。

我找了许久，终于找到另一块石头，和他遥遥相隔十几米，我手上也没有烟，只能看着他越吐越圆的烟圈儿。到烟圈几乎已经成为一个滚圆时，我终于开了口：你为什么要这样？

他冷冷说：怎么样？

你说呢？

他明显话里有气：我觉得我没怎么样，我就公开一下恋情。

我也一股气上来：公开？刚拍到的时候你怎么不公开？拍到之前你怎么不公开？我们十天没见面，你突然就想公开了？

烟头燃到最后，几乎要烧了他的手，他却仍不肯按熄，像是故意要去体会那种灼热的苦痛，他的声音变得更为冷淡：怎么，不公开你觉得我怂，公开了你又怂了？

我几乎是大喊出声：你这不是为了公开，你是为了和我赌气！你这是为了让我难堪！

他愣了许久，终于点点头：原来你是这么想的，原来公开我们的事情，只是会让你难堪。

他终于把烟头按进草里，又四处掏了很久，掏出一张纸巾，把烟头包起来握在手心。水边有荡荡晚风，而北京许久没有下雨，那一点点已经熄灭的火花，确实不知道会带来什么。

任何一点火花，也许在风的诱惑下，都会是一场不可救药的大火，就像我们经历的风，就像我们经历的大火。不管怎么说，到了这个时候，他还想着这些琐琐碎碎的小事，他还是努力维持着一种体面和温柔，这让我的怒气在风中一点点飞向银河，取而代之的是一种实在而锥心的痛。

我走过去，扯住他的衣袖：你别这样，你知道，我不是这个意思。

他一只手还握着烟头，只能用另一只手松松地抱住我，他低下头，用额头抵住我的额头，他说：我知道。

我感到心酸：你把微博删了吧，这样你也麻烦。

他闭上眼睛，开始寻找我的嘴唇和舌头：不，我不删。

他熟练地找到了，又熟练地和我的舌头缠绕在一起，我们都吻到喘不过气，他终于停了下来，把头艰难地放在我的肩膀上：你不要走。

我的心酸到似乎放弃了跳动：我现在不走。

我说的不是现在。

我没有说话，他便抬起头，用一种金毛般全然善良、又全然无助的眼神看我：你还是要走，是不是？

我缓缓点头：是的，我还是要走。

他看了我许久，终于收起了那只抱着我的手，他两手空空，只有一支灭掉的烟头，他说：为什么？

我想了很久很久，这才说：我没怎么好意思跟你说过，我是个学霸你知道吗?

他点点头:我知道,我当然知道。

从小就有很多人夸我聪明,夸我漂亮的人倒是几乎没有。

他突然自顾自笑起来,像是想到了什么:你确实很聪明啊,不过你也很漂亮,我第一次见你的时候就想过,这个女孩子晒得乌漆嘛黑的,倒还是好漂亮。

我也笑起来:我五岁上学,考上大学的时候刚刚十七岁,我本来可以保送的,但我不想保送,我想自己考,我读了十二年书,应该自己去考一考,你说是不是?

他想了想:我不知道,我是艺术生,我那时候最怕的就是高考。

我想到往事,突然有股骄傲盘旋心头:我的分数可以考北大,但我高中喜欢的男生去了清华,他不喜欢我,我就这样赌气,考去了南京。

他握住我的手:他后来一定肠子都悔青了。

我轻轻挠了挠他的手心:我也这样想……我家里没有钱,妈妈下岗了,爸爸一个人工作,勉强供我读完了本科。连供我读研究生的钱都没有,爸爸说,我只能养你到这一步了,接下来你想走哪条路,就自己去走,我是没有办法了。

我整整准备了十个月,为了买材料每天只吃六个馒头。宿舍晚上要关灯,我就去肯德基通宵看书,那里的红茶可以续杯。我花四块五买一杯红茶,第一天喝完,第二天还拿着一次性杯子去续杯。两个值夜班的姐姐都认识我了，她们也不说什么。我就是这样，才拿到了哥大全奖的硕博连读，一读就是七年。读到后面我其实很烦，我们在泰国遇见，正是我最烦的时候，那时候我以为我去哪里都可以，做什么都行，我只想随便找个工作，我以为过去的三十年对我并不重要，我以为我可以把那个自己扔掉，再捡一个新的。

他也不知道有没有听懂：然后呢？

然后我发现这不是真的，我发现过去三十年对我很重要，我付出了几乎全部的人生，才拥有那一个我，我不能随随便便把她扔了，不管以什么名义，你明白我的意思吗？我不可以，我这样对曾经的自己，非常非常不尊重。我爱你，蓝轩，这好像是我第一次说这句话，我爱你，但我做不到那种爱，我觉得那像一种谋杀，爱不应该是谋杀，你说是不是？

他眼圈一点点红了：你是说我会杀了你？我是这样的吗？我是一个凶手？

我摇摇头：不，我是说那是一种自我谋杀，我不能允许自己那样做。

他非常茫然，看一看星空，又看一看月亮，却哪里都找不到正确答案，他只能一直牵着我的手，他说：我们回去吧，我来给你搬家。

不用了，我找了搬家公司，过几天就来。

不，就今天吧，迟早都要搬的。我给你搬，一趟搬不完，我就多跑几趟。

　　我的东西就那么一点点，因为有书才跑了两趟。他把最后一箱书给我搬到房间，我要下楼送他，他却坚决不肯。于是我站在阳台上，看他的帕萨特极慢极慢地开走，那是傍晚的尽头，我看见最后一点光划过车身，又消逝在暮色中。

　　那一天之后，我们再没有见过。

22

我躲藏于这种暂时之中

　　到了七月，北京已经让人烦躁。风中不再有任何柔情，冰得再凉的西瓜，拿出来摆放片刻便会变得温热，这种温热让人心悸，好像这个夏天不会有一个尽头。而我拿不准自己是不是暗暗希望如此，仿佛只要夏天不走到终点，这个故事便不会真的如此结局。

　　我打算八月底回纽约，在此之前回一次四川，工作则做到七月底。一切都已经安排妥当，未来像是一条河，沿途虽有浪涛拍岸，却早已被限定了流向和目的地。我并不后悔，但有时候心里的浪卷得太高，我总忍不住站在阳台上往下张望，仿佛如此这般，就能挽回那一天的夕阳。

　　我每天坐地铁上班，又坐地铁下班。公司实行弹性工作制，每天只要打卡显示在公司待满九个小时就可以，同事们大都十二点才来，一人拎一个楼下 7–11 的盒饭，我却总选高峰时间上下班，像一个兢兢业业的基层公务员。高峰时间的六号线挤到没有什么空间思考，我便也放弃了思考。之前这半年像是一场革命，水失去方向，只是凭着直觉，往所有可能的方向涌去，现在浪潮褪去，只留下水的印记。那种印记是没有人会留意的，但我无时无刻不活在其中。地铁上密密挨挨，有时候为了呼吸，我会努力抬头，天花板上嵌着明亮灯管，哪怕在最亮的地方，我也能看见水的印记，这让我感到欣慰，因为水曾经不管不顾，到过这里。

这份短期工作的最后一个月，我的事业意外地达到一个小小巅峰：之前为一个小网剧写的宣传文案莫名其妙上了热搜，小视频随后在抖音上也拿到了一百多万个赞，也就三天时间，我们那部戏的豆瓣想看已经过了五万。网剧男一是洪雨，宣发费不过几万块，老板原本举棋不定，根本没想好投在哪个平台，现在他欣喜若狂，当场给我转了五千，又表示哪怕我辞职了，大家也可以继续以项目的方式合作，但他也有点不好意思：话是这么说，黄小姐肯定是要结婚的啦，到时候装修别墅都来不及的啦，怎么会看得上做我们这些几千块的小活啦。

我只是笑笑：我做的，老板，我肯定做的，你别忘记找我。

老板只知道我要辞职，并不知道我随后的计划，除了洪雨之外，没人知道我和蓝轩之间到底发生了什么。入职的时候老板也看过我的简历，知道我是个女博士，但他大概会想，女博士也是挣不到一部戏一千万的，北京不知道多少女博士还在和人合租三室一厅的自如公寓，每天挤地铁上下班，吃7-11里的麻婆豆腐和家常茄子，这么轻易就可以结束这一切，哪个神经病会留在原地？我吧，我一直是个神神经经的女孩子，回北京的时候是这样，离开北京的时候也是这样。老板有一天发现我在三十八度的天气下挤地铁，每天都吃麻婆豆腐和家常茄子，他百思不得其解，后来终于自我阐释：体会体会生活也是好的，周润发和王菲也坐地铁和吃茶餐厅的啦。

我只是笑笑，继续吃我的家常茄子，7-11的茄子做得很好，软而入味。我们以前会叫一些并不便宜的外卖，烤得金黄的鱼，切得细细的角瓜丝，整整齐齐的澳洲牛肉粒，诸如此类的东西。吃到最后，蓝轩总要叹口气，说：什么玩意儿，还没有7-11的茄子好吃。

我那时还没有吃过7-11的盒饭，只是漫不经心搭话：真的吗，那茄子怎么做的？

他突然高兴起来，像那茄子和他有什么绝世深情：茄子呢就是那种长茄子，圆的不行，一定要长的。切呢就切得不粗不细，太粗是不行的，太细呢又根本吃不到什么东西。里面还有姜，切得细细的，一粒一粒，连姜都特别好吃。对了，还有几片五花肉，哎呀，那个五花肉简直了，我给你说，你不会吃过比那更好吃的五花肉。

　　我实事求是地反驳：世界上最好吃的五花肉是我爸妈家对面那家"乡坝头"里的回锅肉。要是你运气好，老板那天买到几条猪尾巴，就会给你用猪尾巴做，连着尾巴那块肉又肥又香，又软又糯。这么说吧，没有吃过它的人啊，人生永远都缺了一块。

　　他想了想：那不就是猪屁股？

　　活了三十年，这是我第一次意识到自己最爱吃猪的屁股，不由愣在那里：好像是，不，确实是，确实是猪屁股，被你这么一说。

　　他露出向往的神情：那你什么时候请我去吃屁股。

　　我有点慌张：以后吧，以后我带你去……也不是每次都能吃到的，猪尾巴不是总有，一般都是没有，老板说，稍微去晚一点，就一条尾巴也买不到了……你知道吗，那么大一个猪，尾巴却只有很小很小的一截，也不知道是为什么……对了你还没说完，那茄子到底怎么做的？

　　他一下好像又没了兴趣：也没什么，好像就是放点酱油烧一烧，最后撒点葱，葱也不能太多。

　　我笑起来：就这样？我还以为说出来是茄鲞。

　　他有点茫然：你说什么？什么鲞？

　　没什么，红楼梦里的茄子，我们要不要去吃一次，听说北京有吃红楼宴的地方。

他闷闷不乐：我不想吃茄子了，我想吃猪屁股。

时间来到现在，我吃着茄子，想到猪的屁股，有一种从头发尖尖开始蔓延的痛。吃完盒饭，我坐地铁回家，两个月来第一次在地铁上坐到位置，我太过惶恐，以至于一直不敢下车，便这样一路坐到终点，这才在对面换车。终点离我家不过六站，但我再一次没有下车，又坐到了西边的尽头，这才再次折返往东边走。自从搬家之后——我是说，自从我们实质上分手之后——我再没有坐过这么长的地铁。我发现我喜欢漫长的地铁，就像我喜欢没有尽头的夏天，因为一切都是暂时的，没有结论，而我躲藏于这种暂时之中，逃避未来的催促。

那天我回家已经快十一点，一打开灯，家里也不过就是冰箱里半筐酸得不得了的杨梅、阳台上两株要死不活的绿萝，以及一个在地铁上坐到屁股发痛的我。洪雨不在家，他如今变得很忙，在杨康之后，他接到一些暂时挣不到什么钱，但看起来很有希望的正剧，最好的角色已经到了男四。他把剧本发给我看，演一个加入地下党的大家公子哥儿，他非常惶恐，担心自己的演技盖不住气质里的贫穷。我本来劝他放心，毕竟是连杨康都演过了的人，大金国的小王爷如何会演不了一个普普通通的公子哥儿？

他转头就发了一条豆瓣评论给我，上面说：你们觉不觉得，这个杨康帅是帅，就是看起来有点穷？

我笑到打跌，发给他不知道哪里抄来的鸡汤：人生有三件事是无法隐瞒的，咳嗽、贫穷和爱。

他气得要死，发过来一个拼了命挠人的小老虎，我又笑到一直咳嗽，我想，这句话一点没错。

我和洪雨如今总在半夜聊天，在两个人的生活都产生剧烈变动、未来的希望和恐惧同时在眼前展开之时，我们之间忽然有了一种轻微的依恋。有时候我会很希望回家能看见洪雨，但他上一次回家已经是十天以前。接连两部戏上线之后，洪雨有了自己的粉丝团和豆瓣小组，小组里有五百多个人每天都在出谋划策，怎么给他搞数据打榜。洪雨求我申请了一个账号进去卧底，每晚睡前，我就津津有味看半个小时豆瓣。起先确实是为了视察洪雨的小组，但不知道怎么回事，后来我总待在蓝轩的组里，看粉丝们事无巨细列举他的每日行程，时不时发几张模模糊糊的接机照。他看起来挺好的，只是一直一直穿着同一件黑色 T 恤，照片总是正面，没有拍到背后的一双白色翅膀。那件衣服是我买的，就在三里屯一家外贸小店，不过五十块钱。送给他的时候，我说：男朋友，你要飞高一点哦，越高越好。

他反复摩挲着那对翅膀，又忍不住摸我的头发：我会的，但不是越高越好，不是那样的，女朋友。

洗澡的时候我想到这些，那股从头发尖尖开始的痛又一次袭来，好像后背上长出翅膀，而屁股上有了尾巴，所有改变都带来希望，却也让人痛苦。我叹口气，穿好睡衣出去，看见洪雨瘫在沙发上，旁边是那半筐冰杨梅。

我有点高兴：你怎么回来了？

他大概刚吃了杨梅，酸到好一阵才能开口：回来收拾点衣服，明天一早的飞机。

我点点头：那你早点睡。

他突然说：想吃串儿不？肉筋，掌中宝，鸡胗，鲫鱼，蜜汁烤翅，茄子，馒头片。

我想了想：我懒得换衣服。

他看了看我的睡裙：为什么要换？

我们就这么下了楼，小区往里面走有个鬼鬼祟祟的烤串店，在一个从来没有喷过水的喷泉旁边，十几株柿子树把喷泉绕了一圈，老板便在每一株下头放了桌椅。我们选了一株最美的柿子树下坐下来，柿子花刚谢，结出满树青青小果，我摘了一个扔进嘴里，那股让人满嘴发麻的涩味让人安心，好像我的所有心情，都在大自然中找到了落点。

我们点了肉筋、掌中宝、鸡胗、鲫鱼、蜜汁烤翅、茄子，以及馒头片。鲫鱼满肚子鱼子，还没把鱼子吃完，我已经有点醉了，第三次加酒的时候，我看见旁边另一株柿子树下也坐了一桌，两个小女孩时不时转头看我们。起先还是偷偷摸摸，后来她们索性把桌子挪了又挪，和我们就隔了两米远，她们假意互相拍照，但显然拍了我们不下五十张照片。

我借着酒意，和一点不知从何而来的怒火，大声问道：

你哪个？干啥子？

她们吓了一跳，但其中一个胖胖的女孩子突地站起来，浑身散发着一种女干部的正义凛然：我认识你，你是蓝轩的女朋友，你为什么要趁着他在拍戏，和别的男人大半夜喝酒？蓝轩知道吗？你这样对得起他吗？

我忍不住笑起来：小幺妹你好多岁？年纪轻轻你管得还多宽！你以为你哪个？纪委的还是法院的哦？你作业做完了没有？你恁闲你妈老汉儿管不管？

她们有点懵了，另一个女孩子拽了拽她朋友：走吧，我们走。

那女孩却不走，反而冲到我面前，扯了扯我的睡衣吊带：你看看你穿的什么？连内衣也没穿，你这样谁不会误会？你有没有一点羞耻心？蓝轩就找你这种烂人当女朋友？他太傻了，他什么也不懂，但他有我们，我们粉丝一定要为他做主！

天热成这样，一股火在我胸口乱窜，我一把把她推开：你狗日的再碰老子一哈搞哈看，不要说我们已经分球了，就是没分球，狗日的也没得你们这些哈皮粉丝啥子事情，还做主？做你个铲铲的主。你满脑壳都是包你晓得不？爬爬爬，给老子爬，有好远爬好远。

洪雨满面惨白，把我拉住。我并没有醉得那么厉害，我当然知道，另一个女孩子把这些全都录了下来，我想的最后一件事情是：日起鬼哦，不晓得老子有没有露点。

23

但系统没有谎言

等到回四川的时候，我已经变得很红。我傍晚到家，晚饭后不过穿着塑料拖鞋出门买了一碗红糖凉糕，等再回小区便已震动四野，邻居们一会儿来借两勺子豆瓣酱，一会儿又来送一筲箕猪儿粑。我妈把猪儿粑全留下了，我却一直躲卧室里，暂时没有公开露面，目前由我妈全权代理了外宣事务。

现在这个情况太复杂了，幺妹你太年轻，还应付不了。我妈说，洗完碗后她和我爸鬼鬼祟祟出了门，说要替我先去方圆两里的八个小区转一转，探个虚实，以充分了解大众舆情。

我看着他们换上长袖长裤，再喷半瓶子六神花露水：不至于哦。

我妈给我一个巨大白眼：你懂个铲铲，要是回去三十年，遇斗严打你就完球了，你娃晓得不？

三十年前的死刑犯于是闷在卧室，先吃完凉糕，再一个接一个吃猪儿粑。猪儿粑一半是芽菜馅儿，一半是笋子肉丁，我总想挑到笋子馅儿的那些，却只是吃下更多芽菜。芽菜又辣又咸，吃到第二个已经很齁，我却总还是不甘心，不甘心到了这个时候，运气已经不再握在我的手里。

窗户望出去是爸妈的小院子，月光投影在树上，而树又把影子往四下散去，蛤蟆、蛐蛐儿和从晚饭逃生的青蛙叫成一团，像它们也在替人焦急。到了这种盛夏，蔷薇和月季已经开到尽头，院中大片大片香到发晕的栀子花。我总记得某个夜晚也有这种香气，却无论如何也回忆不起，到了快睡着的时候，我相信月光在床前投出一条弥漫栀子花香的银色长路，指引我走到天上去。半夜我醒过一次，知道自己并不在天上，我不过躺在自己一米二的小床上，枕头旁放了几朵刚摘的栀子花。小时候妈妈就喜欢这样，整个夏天，我的床边总会有栀子花，这让我感到安慰，那种恒定的香味让我产生幻觉，好像不论做错了多少事情，我总能回到原地。

到了第二天，亲戚们排着队来家里看我，带着卤兔儿、冰粉凉虾、锅盔夹凉皮、凉拌猪脑壳和一咕噜一咕噜的夏黑葡萄。进入青春期后再也没有理过我的外甥女抱着两本书，羞羞答答让我找蓝轩和洪雨签名，我一看封面，一本《万寿寺》，一本射雕，我问她：王小波这本你怎么知道的？

她有点不好意思：我在访谈里头看斗的。

他说了啥子？

他说，他和一个女朋友刚认识的时候，聊到过这本书。啊，小姨，他说的女朋友是不是就是你呀？

我愣了好一会儿：可能是吧。不，应该是吧。不，就是我。

外甥女露出万分敬仰的神情：小姨，你好得行哦。

我把书收起来，又扯扯她的粗马尾：所以你要好生点读书，高考考个好大学，出国找个更好的大学读博士，才有可能跟男明星耍朋友，晓得了不？

她拼命点头：晓得了，小姨，我晓得了。我现在就回去，我回去好好刷题，小姨我一定黑起努力。

我表姐坐在一旁，一张脸笑得稀巴烂，走之前偷偷握着我的手：你多跟她说哈嘛，她现在把你当偶像哒。

我有点震惊：没这么严重吧？她以前偶像不是易烊千玺？

表姐叹口气：现在还是，但她现在想得多了，她想和易烊千玺耍朋友哒，你看看周围方圆十里上下三代，除了你，还有哪个和男明星耍过朋友哦。

我感到沉重的压力：你们看了那个视频没有哦？

表姐推推我：你说的啥子哦？你看看周围方圆十里上下三代，哪个会没看过你的露点视频哦。

看了视频应该晓得我们都分了三？

人家微博都没有官宣，不官宣就不算三，要分也是你要分的三，男明星都可以甩，还一个二个的男明星搞不清楚，更了不起咯三。

被她这么一说，我不由对自己也有点刮目相看，但打开手机，还是铺天盖地骂我贱人、骚货和人渣的评论。那条视频发出来之后，我的微博一直就是这种状态，洪雨建议我把账号注销掉，我却不肯：我是学人类学的，我不能错过这种观察人类集体无意识疯癫的大好机会。

洪雨听不懂我在说什么，他也自顾不暇，视频出来后，公司替他连发了两次澄清，以证明和我只是"普通朋友"。因为怕人发现我们居然住在一起，洪雨火速搬了出去，那间公寓租的时候没有带家具，他本来想把床留下，我说：都搬走吧，都不需要了。

他就都搬走了，干净利落，带走床、宜家布艺沙发、我送他的一套三联版金庸全集，以及我们这大半年不值一提的友情。在那之后我们便没有见过，反正他也基本住在剧组。每晚回到宾馆，洪雨会打来语音闲聊半个小时，抱怨剧组的盒饭和导演的势利，我则还是有一搭没一搭地回他，好像什么都没有发生，好像我们还和从前一样。我们当然都很清楚，一切都再不会和从前一样，我们经历考验，然后做出选择，而我们都选择了自我，你不能说一个保全自我的人有什么错，但这依然让人痛苦和遗憾。

在北京的最后几天就是这样了。我同时失去了工作、朋友、恋人和床，从早到晚躺在一张瑜伽垫上，朝九晚五地打古老的游戏，仙剑奇侠传、大富翁、总是被困在侠客岛的金庸群侠传。晚上则看网络言情小说到十一点，这才规规矩矩洗澡睡觉。我总是睡得很沉，从一个梦坠入另一个梦里，像盗梦空间里的陀螺，不知今夕何夕。有一天半夜听到微信提示，我在梦里伸出手播放，黑暗中四下流淌的是他的声音：你在干吗呢？我晚上吃了7-11的茄子。我现在在麦当劳，喝了一杯冰淇淋咖啡。你知道吗？原来凌晨四点麦当劳有这么多人，有些人还没有睡，有些人已经起了。你说，什么人会在四点就起床呢？除了我。

第二天醒来，我又打了很久大富翁，我的乌咪破产了第三次，我才想起那个微信。我确信那只是一场梦，却忍不住打开和他的对话框，我们的最后一条微信是在一个半月之前，他说：我到家了。

我回他一个正在点头的胖胖小猪。嗯，小猪说。

现在小猪下面有一排灰色小字：对方撤回了一条消息。

没有时间，没有解释，系统告诉我，对方发过一条消息，又撤回了一条消息。一个人能找到一万种借口，但系统没有谎言。

从那天开始，每天早上醒过来,我都能看见一排灰色小字：对方撤回了一条消息。有时候我能听见那个消息，有时候却真的睡死过去，消息的内容变得完全不重要，重要的是我们的对话框里整整齐齐的一排又一排灰色小字：对方撤回了一条消息。对方撤回了一条消息。对方撤回了一条消息。它们没有尽头地往下延展，好像在另一个时空里，我们的故事并没有结束。

今年七夕正好撞上妈妈生日，我们在家门口的"乡坝头"订了一个包间，里面可以摆三桌，刚刚坐得下两边亲戚。早上十点我去订菜，看到回锅肉的时候突然想起来：老板，回锅肉记斗用尾根儿哦。

老板摇摇头：今天没得尾根儿，今天的尾根儿都被一个幺弟点起走了。

咋可能哦，这才几点，哪个早饭吃回锅肉哦。

哪个晓得，我看瘦筋筋一个幺弟，清早八晨就来了，喊了五份回锅肉打包，我今天就进了五个尾根儿，当真是莫得了，我又不可能现在去杀猪。

不是猪尾巴做的回锅肉总差了一点什么，晚饭时大家都在喝酒，我却闷闷不乐，埋头吃肉。第三次去木桶旁添饭，遇上老板把新蒸的米饭倒进桶里，我鬼使神差问他：老板，今天点五份回锅肉的那个男娃娃，长得好不好看哦？

老板看我一眼：咋不好看呢，我看长得和你那个男朋友差不多。

表姐说得没错，方圆十里上下三代，没有看过我露点视频的人，应该一个也没有。

24

它响起来的时候，雨才刚刚开始

吃了一肚子回锅肉和米饭，我到家后一直有点懵。爸妈都睡了，我在卧室、客厅、厨房和卫生间往返穿梭五次，把所有柜子打开检索，先吃了三片多酶片消食，又在冰箱深处发现一袋子麻糖，起先只是想尝一口，后来不知道怎么回事，我蹲在冰箱门口，把整袋糖统统吃光。麻糖除了甜别无他物，我浑身腻得发烧，便又喝了半壶冰水，谁知冰水入喉凉到发抖，我就又给自己泡了一杯滚烫的茉莉花茶。在所有这些事情完成之后，我勉强把一个近乎爆炸的自己挪到院子里，因为实在无法坐下，最终决定站着看书。

家里没什么书，我出来前随手拿了一本《张爱玲中短篇小说集》。这是中学时买的盗版书，在穷困的青少年时期，我省下每天一块钱的早饭钱，购买盗版张爱玲、盗版沈从文以及厚厚四本盗版金庸。那套金庸的字小到我找同桌借了一个放大镜，看到虚竹和梦姑夜半交欢那段，我震撼到无以复加，失手把放大镜打碎在桌上。在那往后好几个月，我都靠着玻璃渣子的遗迹，不断重温又重温那几页。我再借不到放大镜，就只能睁大再睁大眼睛，到了高考前，我的近视已经一千两百度。我在一个男同学家里见过真正的金庸全集，每一本都配着插图，我打开一本《笑傲江湖》，正好翻到任盈盈教令狐冲清心普善咒那一段，令狐冲专心抚琴，任盈盈藏身竹帘之后，每个字都不大不小，就这么放在手上，也能看得清清楚楚。

男同学肉眼可见地喜欢我，他见我舍不得放手，好心问道：你要不要借回去看？你随便看多久，我反正都看过了。

因为一种奇异的自尊心，我赶紧把书放下：不用了，我也看过了。

在那之后，我再也没有去过这个男同学的家。他爸爸是机床厂厂长，住一套三室两厅的房子，而我回到自己四十平方米的家中，为了能有独立的房间，我一直睡在封闭的阳台之上。阳台不过四个平方，我每天侧着身子才能上床，坐在床边才能写作业，阳台西晒，夏天我整夜流汗，在草席上留下清晰身形，冬天四处漏风，我盖两床厚被，每晚抱着六个暖瓶，我就是在那个阳台上，看完了所有的金庸。在苦热的夏天，我实在无法入睡，便坐起来打开窗户，等待流星闪过，我确实曾经像仪琳一般给自己衣服打结，默默想过，等有了自己真正的生活，我要给自己买一整套真正的金庸。

但我一直没有买过，因为一种自己也不愿承认的逃避，我买了一个 Kindle，在上面装下全套金庸。一直到和洪雨合租之后，我趁着京东"618"送他一套三联版，原来不过五百多块，书到了之后，我把它们一字排开，无端端坐在面前哭了一场。以前想到这些往事，我总会感到心酸，想把那个开始用放大镜、后来连放大镜也没有、却仍然奋力读书的小女孩深深隐藏。到了这个夏天，心酸还是心酸，却也无端端地有一点骄傲，我又想到那天和蓝轩在湖边说的话，想到我谈到往事和谋杀。自那天之后，我一万次对自己提问，又一万次在虚空中不知对谁回答：你舍得吗？

我舍不得。

你后悔吗？

不，我没有后悔。

一点也没有？

一点也没有。

现在我站在父母的院子里，这房子是他们前几年买的，在不需要供我读书，以及爸爸拿到副高职称之后，他们终于宽裕了许多。他们换了房子，又买了一辆十万左右的车，并且每个月固定问我：幺妹，你钱够不够？

我的钱一直不怎么够，但我确实拥有了一种真正的、由自己亲手写成的生活。以前我觉得爱情和这些琐琐碎碎的事情没什么关系，但站在一丛丛暗香扑鼻的栀子花前，看头顶牛郎和织女隔了一条璀璨银河，我又想，原来爱情和所有事情都有关系，没有这些卑微而沉重的往事，就没有我，没有爱情。

盛夏到了顶点，有一种南方的潮气和浓香，好像每个人都坐在沙滩上。我一面噼里啪啦打蚊子，一面读到白流苏破釜沉舟去了香港。到了那个时候，她是在掏出身上所有的筹码放在台面上去赌，范柳原诱惑她，却又不肯真正下注。本来以为对方就是这样了，流苏半夜却又接到电话，那边是范柳原心平气和地说："流苏，你的窗子里看得见月亮么？"流苏哽咽起来，范柳原又道："我这边，窗子上面吊下一枝藤花，挡住了一半。也许是玫瑰，也许不是。"他们都没有再说话，却又都没有挂掉电话，到了最后，流苏越想，越觉得这是个梦。

我的电话就是在这个时候响起来的，像强行加入白流苏的梦中，而我已经许久许久没有和任何人真正打过电话了，回家之后，我连快递小哥的电话都没有接到过。来电显示一个自贡的座机，到了这个时代，连我八十五岁的姨婆都用上了老年智能手机，除了诈骗集团，谁还会用座机？

可能确实是诈骗集团吧，就是来了一个羞涩的新手，对方一直没有出声，我想到白流苏，竟也一直没有挂掉。我就这样在半轮残缺的月亮下，和一个只有轻微呼吸声的电话僵持了不知道多久。起先还一直站着，到后来站不住了，便半躺在院中秋千上，秋千在夜风中自行摇摆，有一种让人终能放松的起伏。大概实在吃了太多，大概实在需要一场幻梦，等我再醒过来的时候，我发现电话已经挂断了，而我分明听见梦中有人对我说：你要不要抬头看一看，今天是七夕呀，你抬抬头吧，我们一起看一看银河。

我坐在秋千上发了一会儿呆，电话不是微信，没有证据就略等于没有发生过，但我比白流苏要确定得多。我拨回那个诈骗电话，一个满口自贡普通话的小姑娘冷冰冰说：你好，美露丽夫国际酒店。

我用自贡话问她：你们酒店在哪头哦？

她顿时亲切起来：就在汇川路1号哒。贡山一号你晓得不？过了那边有两排修车的你晓得不？就挨斗那个修奔驰的，你不要走过了，走过了前头有个凼凼，半夜三更的容易摔跟头……小姐你在哪里嘛？

我老老实实回答：我就在青岗岭这边。

小姑娘热情得不得了：青岗岭近得很哒，打车五块钱就到咯，小姐你是不是要开房嘛，我给你留一个居家旅行豪华单人间嘛，说是单人间，床是两米的哈，睡三个人都是可以的哈。

我不知道怎么就答应了：好啊，那我就要居家旅行豪华单人间，但我不需要三个人的，两个人最多。

小姑娘咯咯笑起来：小姐你好好耍哦，要得嘛，我给你标注一哈最多两个人嘛。

就这样，我莫名其妙出门打了车。司机嫌我不过五块钱行程，连空调也没有开。这是深夜依然三十二度的盛夏，雷电在夜空中酝酿，气压低到沉沉压在胸口，等十分钟后我站在美露丽夫国际酒店的大堂，已经一身臭汗。我越热越昏了头，完全不知道自己为什么而来，又是来做什么。

大堂富丽堂皇，是那种十八线城市标配的凡尔赛宫，我却穿着背心短裤和家里的塑料拖鞋，因为没有内衣而再一次露点，短裤更是短到近乎没有。前台小姑娘见到我，露出一种"哎哟你怎么这么面熟"的神情，整个登记流程她都没能想起来，最后只能悻悻然递给我房卡：小姐，502 房，前头右拐就是电梯。

我拿着房卡，却不肯走，犹豫了许久才问：幺妹，你们宾馆有没有住一个外地人？一个男的。

小姑娘有点疑惑：外地人？我们酒店是商务酒店哒，住的大部分都是外地人哒。

我不假思索说：这个外地人不一样，他长得特别好看。

小姑娘露出恍然大悟的神情：啊，那个，对对对，是有一个，住了好几天了。

我下意识转动房卡：你能不能给他打个电话，跟他说我住在 502。

小姑娘有点困惑：小姐，你让我跟他说你是哪个？

你不用说，你就说，有人让你告诉一声，她住在 502。

居家旅行豪华单人间果真豪华，我进屋便把空调开到最大，又在小冰箱里翻出一罐啤酒。浑身的汗渐渐干了，我澡也不洗便上了床，一边喝着啤酒看电视里的《甄嬛传》，一边不知道在等待什么。窗外隐约有闪电划过，雷声隆隆，像一个人的心，看起来若无其事，其实已经有千军万马走过。

床边是墨绿色复古电话，拨号要一次次转盘，像张爱玲时代的遗物，范柳原夜半打给白流苏的电话，应该就是这种。它响起来的时候，雨才刚刚开始，雨声似鼓，又像着急退场，又像不停催促。我喝完最后一口酒才接起电话，我早就知道，他是个心软的好人，不会让我等待很久。

25

以野火为名的花也开到了尽头

你家远不远？他说。座机里他的声音有一种奇特的距离感，好像面对面和我一起吃 7-11 的家常茄子，又好像隔着一条脉脉不得语的银河。

我不知道为什么要回答得这么仔细：不远，打车五块钱，就挨着你买的那家回锅肉。出了店门过马路，从小区大门往里走，走到最里头那栋楼，一楼花最多的那个院子就是我家。院门看着上了锁，但其实锁是坏的，进来得小心点，我妈为了防贼，放了好大一盆仙人球在门口。

他耐心听完，这才说：猪尾巴做的回锅肉是挺好吃的，看着都是肥肉，也不怎么腻。

但是你买了五份，也实在太多。

没有吃完的，我放房间冰箱冻上了，明天带走。

他停顿了一下，确凿无疑在等待我的问题，我便只能问他：你明天要走？

嗯，明天得走了，晚上的飞机。

我们都沉默下来，过了许久我才说：你也不告诉我。

他也过了许久：我不知道怎么说。

雨下得更大了，雨让我们像在海边。白流苏和范柳原到了浅水湾，范柳原指路旁的野火花给流苏看，流苏问"是红的么"，范柳原只说"红"，流苏便想，那是红得不能再红了。我望着窗外，那里也有一株开满红色花朵的树，风让花四散凋零，我见到嫣红花瓣被雨紧紧贴在窗上，水没有让花褪色，反而让它红得不能再红。我无端端想，原来流苏见到的，就是这种。

听了这么久雨声，我终于开口：你要不要过来。

他叹了一口气：过来做什么？

我试图开个玩笑：做什么都可以的，做爱也可以。

他却并不笑：你想吗？

我老老实实回答：想的，想得很。

他又叹了一口气：我也想，想得要死，我做了好几次梦。

什么梦？

春梦呗，和你。有一次还是在片场，本来想躲车上睡个午觉，不知道怎么就做梦了，后来到处去找衣服。

我脑子里轰的一声，浑身的汗连个招呼也不打就这么齐齐涌出，我说：你等我一分钟。

我跳下床，确认宾馆里的安全套供应，又环顾四周，感受了一下几个可能的地点，这才又回到电话旁：你来吧，502，等我十分钟，我先洗个澡。

我正在琢磨今天穿了什么内裤，他却说：我不来了。

我有点发懵：为什么？

他的声音突然变得很低：你能不走吗？这还是我第一次这么问你，你能不能不走？你要是不走，我现在就过来，我连十分钟都不要再等，我现在就把电话挂掉。

那股火就这么被冻在半空，以野火为名的花也开到了尽头，我在虚空中对他摇头。

我分明没有说话，但他听见了我的回答。这个答案并没有让他吃惊，他只是有点凄凉：那我就不来了。你回家吧，这个酒店看着不错，但外面鸟太多了，五点多就开始聚众唱歌。

我却并不想走，我说：你要不要还是过来？就这么一个晚上。

他说：你要不还是不要走？我不是说这个晚上。

我不行的，我做不到。

我好像看见了他在那边点头：我不行的，我做不到。

我有点赌气：你住哪个房间，我要过来。

我不会告诉你的，你也不要问我。

我突然生起气来，把电话挂掉，转身进了浴室洗澡。电话响了又响，我有一点心存侥幸，觉得那不是电话，而是门铃，谁知道呢，也许它们的声音确实差不多。

洗完澡我连水都没有擦，裸体就去开门，深夜的走廊空无一人，但门前地毯上却有潮湿脚印，像有谁刚刚来过。也许刚才的声音中确实有门铃，我什么都想到了，却没有真正相信这一切不是幻觉，就像浅水湾饭店里的白流苏。

电话再一次响起，暴雨到了顶点，雨声滔滔，像海浪发了狠，要把一切卷走。我又狠狠地想：为什么？为什么你这么固执，就是不肯让步？

但我知道他也会说：为什么？为什么你这么固执，就是不肯让步。

我叹了一口气，再次接起电话：你要做什么？

他闷闷地：也没什么。

你既然不来，还打这个电话做什么？

电话那边是一阵长久沉默，他的声音不知怎么变得沙哑：也没什么，我就想知道你走没走。

我今晚不会走了。

他好像放下心来：好的，那你好好睡一觉。

好的，你也是。

你要是想来，我总之是在这里的，我不会走。

他叹口气：但就是今晚了，对吗？

我勉强忍住眼泪：对的，就是今晚了。

我躺下来的时候，水声潺潺，这场雨已经快要结束了，我以为我们会躺在不同的房间，听同样的雨声，并且伪装这就是世界的尽头。但我终究是失言了，我刚迷迷糊糊睡着不久，就接到妈妈的电话。出门前我给她留了个微信，说我要去网吧打通宵游戏，电话一通，便听见妈妈就在那边大叫：幺妹！幺妹！你在哪儿打游戏哦？！

我正努力回忆这个年代了哪里还有网吧，妈妈已经在吼：姨婆死了！你给老子赶紧回来！我们现在就要下乡！快点！十分钟！

回家后我们去乡下看过一次姨婆，她七十岁那年查出肺癌。农村人没有医保，家里也不可能有钱，她输了几瓶营养液就回了家，一直以马上就得死的心情活着，出于对人世的留恋，每隔两天就要自己整一大碗回锅肉。这么说起来，我对猪尾巴的执着倒是来自姨婆。这次见到姨婆，她仍是胖嘟嘟一个老朋友，正坐在小板凳上剥苞谷，我给她带了一瓶香水，她当场洒了半瓶在身上，这才说：哎哟，是栀子花的说？

是啊，姨婆你不是最喜欢栀子花。

姨婆抄起扫把就打我：屋头到处都是不要钱的栀子花，你花钱去买，你脑壳有包嗦？

我被打得有点感动：姨婆你身体好好哦。

她一口气有点喘不上来：不得行了哦，差不多要死球了哦。

我握住她的手：姨婆，你有啥子想做的事情，我陪你去做。

她抽出手，继续剥苞谷：没得咯，一件都想不起来咯，幺妹，我跟你说幺妹，想做啥子呢就要赶紧做，后头就要搞忘了咯。

我现在坐在姨婆灵前，棺材就放在水泥坝上，上面一排亮到瞎眼的白炽灯泡，灵前红烛闪烁。道士已经请好了，坐着拖拉机从另一个村赶来，在汗津津的老头衫外头套上道袍，满屋子跪着的人昏昏欲睡，道士大喊一声"哭"，我们就齐齐整整哭起来，一屋子人在那里干嚎，热得不得了，汗水比眼泪更多。我哭着哭着不知怎么回事，又埋头笑了很久。水泥地铺得不平，夹缝中长出野草，我揪下一根草，对着它说：姨婆你说得对，姨婆我跟你说，你要一直看斗我哦。

我们折腾整夜，终于在第二天傍晚回到家中。我累到连外卖也没有力气点，进厨房取了半个西瓜，刚挖下去第一勺，就听见妈妈在院子里惊抓抓地叫：你们快出来！快点！

我和爸爸匆匆赶出去，见她对着一盆打翻的巨大仙人球：屋头来了贼！

我看了看地上的碎片：不是贼。

妈妈急了：咋不是贼呢？你看把花钵都踩翻了。

我蹲下观察了一下现场，见到仙人球的刺上面还有斑斑血痕，不由有点心疼，我说：是猫儿。

你咋晓得是猫儿？哪个猫恁大，能把我这盆球打翻哦？

哎呀,反正我晓得嘛,妈妈你咋话囊多? 妈妈我饿到了住,你给我煮碗肥肠面要得不?

妈妈给我翻了好几个白眼,进屋去煮面,我则蹲在地上,一点点把那些碎片收拾干净。这是一盆金琥,直径半米多长,摆在门口就是一个小型杀伤性武器。

我小心翼翼清理刺上的血迹,想,他一定很疼。

吃完肥肠面,我犹豫了一会儿才给手机充电,一打开有三条微信,一条他说:你走了。你不是说你今晚不会走。

第二条他说:我也走了。

第三条他说:不要再找我。

一天一夜没有睡觉,我躺下就睡死过去,又在不知道几点醒来。月光通过窗帘,温柔地洒在床上,盖在我身上的,还是高中时的毛巾被,粉蓝底上印着粉黄雏菊。十六岁的少女那时候还睡在阳台上,她躲进毛巾被,不知道第几次看《笑傲江湖》。令狐冲身负重伤,却看着小师妹和林平之眉目传情,那种甚至不能大哭一场的痛苦让她蒙头大哭。她知道往后令狐冲会有更大的世界,会认识盈盈,会有绝世武功,但他在那个瞬间的伤心是永远无法消解的,就像十五年过去了,月亮却仍是那晚的月亮。

我下意识捞起手机,又下意识打开豆瓣,找到他的小组。最新的一条是他在首都机场等行李的照片,戴着墨镜,右手上裹了厚厚纱布,左手拎着一个土土的菊花塑料袋,里面隐约看见几个叠起来的打包饭盒。

我把手机抱在胸前，又想了一次：他肯定真的很疼。

我还想：天这么热，回锅肉也不知道坏了没有。

我有一万个无聊的问题想问他，但我已经一个都不能问了。那个夏天还没有结束，我就回到了美国。

26

很自然的事情，但我还是很伤心

波士顿的秋天来临之际，我已经搬了三次家。开始我住在 Cambridge 和 Somerville 交接的 Beacon St，那边都是哈佛的学生，住在那里好像是一种身份确认。但住了一个月，我厌烦了这种花掉我一半多奖学金的身份确认，我妈平日在菜市场挑三拣四的声音时不时在我心中响起：恁贵啊？划不着。不得行。算球了。

到了八月，有个朋友家里出了急事，要回国不知多久，问我能不能临时住他的房子，只收我一半租金。我想也未想，便把自己的房子转租，当天就搬了过去。那个房子在 Lesley University 后面，是一栋三层公寓的二楼，小小的一居室，卧室窗前有一株银杏，枝条伸到窗沿。有时候我睡前忘记关窗，便会有松鼠沿着树枝进来，轻车熟路地跑进厨房，翻吃我的盐水花生和洽洽焦糖瓜子。那地方实在太安静了，两个月里除了松鼠和工作，我几乎没有和什么活物交流过。超市里的打折排骨 1.99 美元一磅，我便每周做一大锅胡萝卜或者土豆或者香菇烧排骨，每顿舀出一勺子配米饭吃。有时候实在闷了，就坐地铁去唐人街吃麻辣香锅。每回过去，我总要细细看华埠牌楼上的字，进门先看一会儿孙中山的"天下为公"，吃了一肚子藕片后拿着一大杯珍珠奶茶出来，就又看一会儿蒋中正的"礼义廉耻"。我对字没什么兴趣，我只是太闲了，闲到不知道怎么面对当下的时间。至于未来，我也知道，未来是不会有什么问题的，痛苦终将过去，我会痊愈，我们都会，这个故事就快走到尽头，而我们都将拥有别的心动，别的故事。但在当下，这种未来只是让我更觉伤感，我尽力维持当下的痛苦和抑郁，好像这样才能显示对这个我亲手写下开端、又亲手写下结局的故事的一点点敬意。

我和蓝轩这一次是真的断掉了联系。他还留着我的微信，但不再给我权限看他的朋友圈，我便反反复复翻他的头像看。这两个月里他换过三次头像，起先还是那只胖墩墩的黄猫，后来换成一株挂满果实的石榴树。我一眼看出是他们小区里那棵，在开花的时候，我们总喜欢停在这一株下面，因为它的花开得最为盛大。我们会移开天窗盖，隔着一层玻璃，在密密匝匝的花朵下接吻、聊天，吃麦辣鸡翅和薯条，分享同一个麦旋风。

很难想象，那一切不过发生在五月，现在的果实就是当时的花朵，但那种黏稠到无法化解的柔情似乎延展了时间，让它们像是这株石榴树上一世的故事。石榴树之后，短暂出现过一朵绛紫色火烧云，映在深蓝色天空上，傍晚时分的云都是差不多美丽，但对着那朵云看了好几天，我也开始觉得，似乎那是一种无与伦比的美丽。在火烧云之后，黄猫又回来了，但变成它很小很小时的样子，躺在一个小小猫窝里，两只前爪攥紧了一条普普通通的男式沙滩短裤。小猫闭着眼睛，神情里有一种全然的放心和信任。

我问过蓝轩那只黄猫的事情，他正在看剧本，头也不抬便说：那只猫啊，那只猫是我在片场捡到的。

多大时候捡的？

他想了想：一两个月吧，可能刚断奶。拍戏拍到半夜，我饿得啃火腿肠，啃到一半，发现它爬到我膝盖上，挠我的裤子。

后来呢？

他关上剧本，闭上眼睛：后来？后来我就带着它四处跑。那时候我接了一堆抗日神剧，基本住在片场，小猫住哪里都可以，只要它能抓住我那条短裤。

我听得入神：小猫有名字吗？

有的，就叫小猫。

我扑哧笑出来：这样会不会对小猫不够尊重，你总不能给一个人取名叫"人"。

他也笑：我想不出更好的名字。

后来呢？

他有点黯然：后来小猫长大了，它就走了，在片场捡回来的，又在片场走丢了。

我点点头：小猫发情了，总是要走的。

他又翻开剧本：大家都这么说。

我走过去握住他的手：这是很自然的事情。

他把我的手拨开，一时没有说话，像是在专心致志背台词。我起身去看书，他家很有一些古老的书，我翻到一本《文化苦旅》，居然也津津有味看了进去，正看到匈牙利人用一点银元，就从王道士手里换去六百多卷莫高窟里的经卷，蓝轩突然没头没尾地说：是很自然的事情，但我还是很伤心。

朋友在九月中旬回到波士顿，他的妈妈脑梗，抢救了大半个月，终于还是走了。他到家时已是半夜，我把冰箱里剩的半锅胡萝卜烧排骨热了端出来，他就着排骨闷头吃了三碗米饭，又用剩下的一点肉汤，自己去下了一海碗面。家里一根青菜也没有，那碗面连我看着也吃不下去，他却吃到一口不剩，吃完一言不发，躺在沙发上就睡着了。沙发上乱七八糟，都是我还没有来得及打包的行李，一件灰蓝色羊绒毛衣被他胡乱卷了卷垫在脑后。新租的房子要明天才能入住，我跟他说好，明天一早就搬家。新房子在 Lynn，那边是柬埔寨难民区，据说晚上经常会有械斗。我租那边的房子，一是为了便宜，二是为了一种自己并不愿意承认的赌气。

朋友叫程江，本是个精瘦精瘦的瘦子，但现在他侧身躺在沙发上，双下巴和小肚子完全放弃了隐藏。程江以前每周跑一次马拉松，波士顿马拉松爆炸案的时候，他还在哈佛读本科，当时就在现场。他说，爆炸案第二天，他还是去跑完了全程，因为他是个什么事情都得有始有终的人，他也总有那股"我是程江啊我什么都能搞定"的气质。但现在程江还是程江，却显得疲惫、软弱和犹豫，可能一个人胖嘟嘟的时候，总会显得没有那样充沛的决心，这么说起来，这几个月我也胖了五斤。

我洗好碗，又无端端坐在客厅里看程江打了一会儿呼，这才进屋睡觉。这个房子安静到让人无法安睡，两个月里我总要在像一个巨大空洞的半夜里醒来，有时候神魂未定，我会不由自主在虚空中和蓝轩聊几句天，才又睡过去。但今天夜半醒来，是因为听到房内有窸窸窣窣的声音，起先我以为是松鼠抱着花生上了床，再一听，却是程江缩在床尾哭泣。他抱着我踢开了的毛巾被，似乎是在擤鼻涕。

他是那么伤心，像一只巨大的松鼠失去了毕生储藏的松果，只能面对一个空荡荡的树洞放声大哭。我起先还只是默默听着他的哭声，后来却不由自主跟着哭了起来，也把毛巾被拉过来擤鼻涕，好像躲藏在别人的眼泪里，我的眼泪就没那么让自己难为情。

我们都哭到了尾声，他忽然在黑暗中说：你不要走。

我一时还没有转换好情绪：什么？

他声音哽咽，几乎像在哀求：你不要走，好吗？你就住在这里，房租我出，你就住在这里，好吗？

我想到另一个人对我说过同样的话，一时难过到不能言语，但我仍是给出了同样的回答：我今晚不会走了。

他凄凉地说：但就是今晚了，对吗？

我再一次勉强忍住眼泪：对的，就是今晚了。

他什么也没有说，在黑暗中走出了卧室，徒手擤了最后一次鼻涕。第二天起床出来，程江精神奕奕，他做好咖啡，煎了松饼和培根，又把覆盆子在碟子上摆成一颗心，他笑着说：吃吧，吃完我送你过去。

我的行李不过两个箱子，那边是在四楼，也没有电梯。他送我到楼下，并没有提出要帮我把箱子搬上去，而是问我：你自己行吗？

我点点头：我可以。

他也点点头：我也觉得你可以。

说罢，又加了一句：我也可以。

我再点点头：我知道。

他看着我的眼睛：你一直没有安慰我。

我想了想：不用安慰的，你只是舍不得不伤心。

他眼圈红了：你说得对，我现在就怕这种伤心过去，伤心是我仅有的东西了，你说对不对？

我握住他的手：其实很多人都是的，他们只是不好意思。

我们在告别时紧紧拥抱了一下，为那些不可共享的伤心。新家和程江的房子不能比，但窗前仍有一株银杏，搬去第二天我就在窗沿上放了花生，松鼠们便排着队过来。那时候银杏的叶子刚刚发黄，等到我接到洪雨电话的时候，叶子已经黄得不能再黄，新英格兰的秋天到了。

27

是吗？他是不是真的一样开心

回到美国之后，我和洪雨也渐渐断了联系。

这两个月他参加了一个做饭综艺，因为能把排骨剁到极小、切出粗细均匀的土豆丝，以及做一锅堪比成都小吃的黄焖鸡技惊四座，突然被冠名"小黄磊"。网上到处都有星星眼少女，把他不知道哪一年在照相馆里拍的黑白民国长衫照，和黄磊当年演徐志摩的剧照摆在一起。洪雨头顶梳得很高，戴一副黑边小圆眼镜，有些读了点书的小朋友见了这个，便惊抓抓地放彩虹屁，哇噻，当代胡适啊这是，还是会做黄焖鸡那种呢。

气质上洪雨和民国啊文化啊胡适啊这些都没有一毛钱关系，但他的厨艺确实可以。不过大半年前，他还穷到半个月才能买一次排骨，这种刀工是为了保证一斤排骨起码可以吃三次，而黄焖鸡做到炉火纯青，也是因为鸡肉最便宜。我吃过一次他做的黄焖鸡，里头没有香菇，倒是放了一把豆皮，我以为这是他的技术创新，结果他老老实实说：香菇太贵了，几朵香菇就是一斤豆皮。我对此毫无意见，豆皮吸足了汁，好吃到打滚，我们煮了一锅米饭，吃光了全部豆皮。我们合租房子的那两个月，他已经想炖几斤排骨就炖几斤，也做过两次香菇随便放的黄焖鸡米饭，我们怎么吃怎么不对，他说：可能我们的灵魂还是比较适合豆皮。

我说：可能我们的灵魂还是比较穷。

就这么一句并不好笑的玩笑，我们笑到满地打滚，《红楼梦》里大伙儿听了刘姥姥的"老刘，老刘，食量大如牛。吃个老母猪，不抬头！"，众人便是这样，喷茶的喷茶，揉肠子的揉肠子。这些比玩笑更好笑的举止里，有一种热热闹闹的温馨，好像在那么一个瞬间，我们的笑声是未来的保证。

但最终笑声什么都没能保证，笑声甚至比眼泪消失得更快。想到这些往事仍让我伤感，甚至比想到蓝轩时的伤感更甚，也许因为犹疑和破碎是一个爱情故事的高潮，当中甚至有一种戏剧性美感，而友情却不是这样，友情的犹疑是一种明目张胆的背叛，只是让人失望和伤心。

失望和伤心，就像爱和咳嗽，是不能隐藏的。起先洪雨若无其事，每日和我分享护肤秘籍。他依然佯装学富五车，我则依然佯装有兴趣。但后来我感到疲倦，我反复想到那个视频被发到网上之后，他那一串不假思索的反应，反应本身没什么，若是我们坐下来讨论，我也劝他如此这般处理，但那种不假思索，在几个月之后却反复让我感到痛楚。我厌倦了护肤，也厌倦了痛楚，我渐渐不再回他那些"夏日美白淡斑计划：对抗黑色素沉淀五大秘方"的微信。他徒劳地每天发八条，我起先还打开一些，学习烟酰胺和苯乙基间苯二酚的区别，到后来我几乎忽视了他的微信，只知道他仍在源源不断发过来，像一个打开率为零的公众号，不肯放弃，又找不到任何突破的可能。

洪雨给我发过两次微信，表示他到了美国，但我甚至没有看到。第三次他才拨了我的电话，我是说，拨了真正的电话，那个号码是我刚到波士顿的时候，他反复追问到的。我起先不肯：不需要的，现在谁会打电话。

他却一直不放弃：谁知道啊姐。说不定你断网了啊姐。万一呢姐。

电话响起来，他第一句话就是这么说的，以一种听起来轻松到令人害怕的语气：怎么回事呀姐。你是不是断网了呀姐。我在纽约呢姐。

洪雨的确在纽约，过来拍一个时尚杂志的内页，因为有品牌赞助，一个大半年前还在跟我讨论排骨价格的人，目前住在中城那家希尔顿里。洪雨没有出过国，我去续签证的时候，他还拿起我的护照来回翻看：我也有一个，里头一个签证也没有。姐，你第一次出国去的哪里？

我想了想：大三去报社实习，跟着香港无国界医生，去了一次柬埔寨。

他露出向往神情：我想去泰国，我喜欢热的地方，穿个裤衩，整天泡在水里喝酒。

这个地点只是提起，也让我震动。我沉默了一会儿：泰国挺好的，我也想再去。

但我们都没有去泰国，他来了纽约。洪雨说拍摄结束后有两日自由活动时间，他可以来波士顿，但我想也没想便拒绝了：不用见了，好几百公里，有点麻烦。

他沉默了一会儿，放弃了那种努力伪装的轻松：但我们要见一面，姐姐，我一定要见你一面。

我想了想：那我来纽约吧。

我搭廉价的黑人大巴过去，在中国大使馆附近下车。这个时节的纽约美到让人心悸，我舍不得坐地铁，一路走到我们约好的联合广场。那边周末总有 market，远远我便看见了洪雨，穿一条藏蓝色长裤，一件赭石红套头毛衣，唇红齿白，双眸耀星，和蓝轩比起来，他确实五百米望过去就是一个男明星。

我们逛了整个集市，买了内战时候的手镯，大萧条时期的胸针，喝了模样可疑的有机牛油果奶昔，他甚至一度想淘一盏古董台灯回去。我们看起来也一直说话，但语言中空无一物，像两个游戏中的 NPC。

最后我们终于在路旁坐了下来，一人拿一根热狗。黄色芥末酱挤太多了，滴在脚下，我捡了银杏的落叶，把那点污渍擦去。

热狗吃到尽头，最终是他先开的口：对不起。

我也没问他为什么要说对不起，我只是说：没关系。

他也不看我，只是喃喃自语：……我都不知道发生了什么，一切都太快了……太快了，好像我不这么做，就会什么都失去。姐姐，你知道我的感受吗？我那时太害怕了，我害怕真的什么都失去。

我被他说到心口一痛：知道的，我知道。

他望着头顶金黄银杏：但我还是做错了。

我试图安慰他，就像在安慰自己：不要这么说，有时候我们就是会走到这种境地，所有选择都是错的……不管怎么说，你现在成功了，我为你高兴……真的，我特别特别为你高兴。

他有点茫然：成功吗？原来我这就是成功了？

我笑起来：你还要怎么成功？真的成为梁朝伟吗？

他想了想：我确实挣到了一点钱，也有更多机会，好多甜宠剧来找我。你知道吗？最近又有人找我去演段誉。

我叫起来：哎呀，你这个模样，段誉到不能再段誉了。

他也笑：我也觉得。但我不要王语嫣，她没什么意思，钟灵不是很好吗，哦，还有木婉清，我最喜欢木婉清。

我学刀白凤的语气：儿子，我给你说，这三个妹妹呀，你想娶哪个都可以。

我们一起笑起来，他叹了一口气：姐姐，什么都回不去了，对不对？

有风过去，银杏叶子上下翻飞，秋天到了这一步，实在像是随时会失去。我想了想：你想回去吗？

他摇摇头：我不想，再回去我会疯掉，我好不容易才有现在，拿什么给我都不能交换啊……但他妈的不知道怎么回事，我又总是想念过去的事情，你，别的人，所有一切。姐，你知道吗？我现在一有空就给自己做黄焖鸡，放好多好多豆皮。

我同时感到温暖和凄凉：我也是，那天我也做了一次，放了好多豆皮。豆皮真好吃啊，你说是不是？

我们都沉默下来，坐在那张长椅上，在离别前安静地享受了二十分钟纽约的秋天。不远处是我以前在这里读书时最喜欢的一家 Asia fusion 餐厅，冬阴功汤的味道和秋天混杂在一起，好像我们创造出了仅仅属于纽约、属于此刻的黄焖鸡。

洪雨问我：姐，你还会不回我微信吗？

我紧紧拥抱他：不会了。你看看我眼睛下的脂肪粒，这到底怎么办啊你说？

他也紧紧拥抱我，像我真正的弟弟：姐，你的脂肪粒和暗疮印都有我负责，你放一百个心……对了，你和那个人呢？

我感到黯然：没有联系，很久没有了。

他现在好红。听说陈凯歌都找他拍电影。

是吗？那多好。

洪雨松开我，把双手插进裤兜：可能吧，可能就是我现在这种好。

你现在是哪种好？

就是这种呗。有点钱，他肯定比我多很多。有点机会，他肯定比我多很多。有点粉丝，他肯定比我多很多。但也就那么回事吧，最后大家也都差不多的，都要去拍霸道总裁和阳光校草的甜宠剧。

我扑哧笑出声：他应该也和你一样开心。

洪雨没有笑，没有回答，这是他唯一一个没有回答的问题。

纽约回波士顿的大巴需要四个小时。我全套武装，Kindle，纸书，笔记本，洽洽焦糖瓜子，但我只是望向窗外，望了整整四个小时。窗外有连绵树林和找不到尽头的小溪，鹿在树林中穿梭，有那么一两次，我认为自己看见了野猪的踪影。我用尽所有办法，只是为了不反复问自己这个问题：是吗？他是不是真的一样开心？

28

也许到了世间万物，只剩下这一堵墙

新年那两日，波士顿大雪封门，雪下到了这个程度，已经没什么真实感，倒是像人工布景。夜里程江约我下楼抽烟，一下去发现他已经到了，和我一样实打实裹着一床被子。大雪几乎给万物装上一层毛毛玻璃，两个人哆嗦着往半空中各吹了一个烟圈，那点白烟竟冻在半空中，僵持了起码五秒，才又往上散去。

我又冻又惊，把双手都缩在被子里：日起鬼，什么天气，简直像世界末日。

他猛点头：明天你早点过来挖车行不行？我今天六点就起了，挖了他妈的整整一个半小时。我在这儿猛挖，雪在那儿猛下，像不像以前我们奥赛的那道数学题，一个水池子，一面放水一面倒水，几分钟能放满那个？

我笑到咳嗽：不是水池子，是大水缸。

是的，我又搬了一次家，目前和程江住得只离三个街区，就那么一点点距离，房租就便宜了五百块。但那边没有地铁，公交一小时只有一班，于是每天早上八点我走路过来，蹭他那辆旧福特去学校，下午六点，我再蹭他的车回来。作为回报，我负责在他家做一顿晚餐，材料费他全包，每逢周末，他开车带我去指定超市选购本周食材：牛腩、肋排、羊腿、肥肠、猪肚、满肚子鱼子的秋刀鱼。上一次我这么认认真真逛超市，还是和蓝轩一起去他家附近的永辉，我们反复挑选、反复斟酌，最终买了两个普普通通的玉米。那个时候我们也不需要什么别的东西，好像什么都能让我们感到幸福和开心，一个土豆，三个番茄，两个玉米。

看起来并没有发生什么翻天覆地的大事，一个人离开了，我们便和另一个人一同去超市，生活中的一切都是可替换的，而这甚至不值得提起。如今别人都以为我和程江是顺理成章的一对，但除了那个心碎的夜晚，我们私下里连手指头尖尖也没有碰过对方一次。程江和我都非常伤心，两个伤心的人是可以互相辨认的，心碎掉的时候，有一种外人难以感知的气味和声音，这也是为什么我们在这两个月走到这么近。大家私下可能都默默考虑过这件事，但我们的结论大概是一致的：也可以吧，但也没什么意思。而到了这个年龄，我们都已经不再想为没什么意思的事情，付出时间和心气。

于是就还是目前这种搭车加饭友的关系，我原本不会做饭，但省钱的决心、四川人的基因、我妈的隔空指导，再加上一个下厨房 App，我已经光速成才，甚至在他家厨房里放了两个泡菜坛子，一个泡蔬菜，一个泡辣椒和姜。程江是武汉人，我炖个排骨藕汤他就非常满意。跨年那天我在华人超市里买到红菜薹，就蒸了冰箱里不知道放了多久的腊肉。那肉肥得不得了，一蒸半碗油，我就借着那些油做一个干辣椒红菜薹炒腊肉，程江一吃就傻眼：和我妈做的怎么一模一样？

我也脱口而出：你妈托梦给我的呗。

话一出口，我已经后悔，程江也愣了愣，笑着说：我妈还跟你说什么？

我咳嗽两声，清了清喉咙：你妈让你过年回家，还让你多吃点鱼。

程江闷头吃菜薹，并不答话。他和父亲关系不好，以前家庭不过靠母亲维持，如今母亲不在了，他好像也找不到什么理由回去。

既然他提到雪中挖车，我就旧事重提：你过年回去吗？

他摇摇头：又没有假期。

我笑起来：博士后，别说消失两周，就是在家里死了半个月，你以为谁会知道？

他还是摇头：回去也没什么事。

冷气袭来，让喉咙又干又痛，我咳嗽起来：但那样你爸爸就一个人在家里过年。

他想把话题岔开：你怎么总咳，是不是得了流感，要不要去看看？

我这几日确实浑身酸痛，但矢口否认：怎么会，我打过疫苗。

他突然想到什么：武汉好像出现了一种怪病。

什么？

亲戚们都在群里传，说和非典差不多，又咳嗽又发烧什么的。

啊？！什么？！不可能吧？！真的吗？！

他搓搓手：我也觉得不可能，就是流感吧应该，他们也不打疫苗。

非典那一年，我刚上高一。四月底，我们市里确诊了一例，整栋公寓被封了起来，居委会的人每日忙着挨家挨户送菜，里头的人穷极无聊，纷纷组团打起了麻将。好巧不巧，我初中时的小男朋友就住在那里，说是男朋友，不过是互相在物理课上递过一次纸条："黄榭同学你好，我喜欢你。"

"薛云同学你好，我也喜欢你。"

然后就是每天一起做题，两个人甜甜蜜蜜讨论"猹"到底是不是黄鼠狼，以及几何题里的辅助线应该画在哪里。他亲过一次我的脸，在初三毕业后那个暑假的某个夜晚，栀子花甜香似酒，我们躲避月亮和星光，在黑暗的地方，悄声享受十四五岁的爱情。

上了高一，大家不再是同班同学，他在六班，我在一班，分列走廊两端。在两个十六岁少年的心里，那个走廊无疑是世界上最长的距离。一到下课时间，两个人飞奔出来，在三班门口会合，再一同下楼去小卖部吃包子。如今来了非典，我每天放学后绕到他们楼下，远远地看他家窗户，父母都在家里，他也不敢造次，就偷偷躲在窗帘背后对我挥手。我们都哭，隔着居委会大妈、缠在栅栏上的黄色月季和他家印满彩色蝴蝶的窗帘，眼泪真诚到非常滑稽。但所谓倾城之恋，也不过就是这么个意思。

然而后来也就分开了，为了完全不记得的原因，多年以后我翻到当时的日记，我写：距离远了，感情也就淡了下来。但没有关系，时间会证明一切，村上春树说，迷失的人迷失了，相逢的人会再相逢。

我笑到打跌，又为那个少女流下时间的眼泪：迷失的人迷失了，相逢的人没有再相逢。

十七年过去了，人间没有什么改变，在所有意义上都是如此。程江最终决定回到武汉过年，他回家不过两天，钟南山就在央视上发言：人传人。全国人民、海外侨胞齐齐目瞪口呆，我作为身在海外的全国人民的一员，在五分钟之内就给爸妈买了五百个口罩、十瓶免洗洗手液和两千个手套。

一切都变了，2020 年就是跨年时的波士顿大雪，糟糕到这个程度，反而没什么真实感，像很多电影挤在同一个厅上演，人物、台词和场景全乱成一团。腊月二十八的夜晚，程江发来微信：爸爸烧了两天了，应该就是那个病，没有排到床位。

腊月二十九：武汉封城了。

大年三十，我去程江家给阳台上的天堂鸟浇水，窗外雪下得让人惊慌，我犹豫了一会儿，决定今晚就住在他家。我煮了半袋湾仔码头，又蒸了两根香肠，正在美滋滋给自己调一个酸辣汤，程江的微信到了：爸爸走了，殡仪馆来了车，我不能跟着去，我现在出去走走。

我的酸辣汤调得很好，但那个大年三十的夜晚实在太长了。我给程江打了无数个电话，又被他无数次挂断，到了凌晨五点，他终于发来一段视频，是空荡荡的长江上空荡荡的风。他说了三句孤零零毫不相干的话：长江怎么像死掉了一样。今年冬天哪里都很冷。原来我是个孤儿了啊。

程江大概也想过去死，但最终他活了下来。无处可逃，他就整日困在家里打动物之森。他的岛美轮美奂，到了傍晚时分，他会邀请我一同去看落日。在现实世界中我们已经不再交谈，所有的语言都被留在了游戏里，落日辉煌，月色美丽。我们都更喜欢这个只要你努力种大头菜就能快乐的世界，因为在另一个世界，个体的快乐已经变得太过复杂，好像所有人都心惊胆战，等待一种巨大的不确定。

正月十三，我和所有人一起抱着手机，调到北京时间，流了整夜的泪。窗外一直下雪一直下雪，再大的雪也没有什么声音，像我们的眼泪，完全不重要，完全没用，但总是在那里，像一个又一个微弱的"不"。勉强睡了两个小时，醒过来在微博上看见北京的雪，雪真大啊，不管不顾，覆盖整座城市。有人在河岸上用积雪写出巨大的字，又写上一个巨大的感叹号，然后躺在那个感叹号里。

洪雨就在那个时候打来电话，他说自己被困在了横店，蓝轩也是，他就在隔壁剧组。洪雨还说，他们在漱芳斋旁边的小花园里遇到，蓝轩不知道为什么，在吃一个巨大的棒棒糖，两个人劈头盖脸遇上，一时都愣了，也忘记打招呼。但洪雨都走远了，蓝轩突然追了上来，棒棒糖掉在地上，他也没有管，只是急匆匆说：你姐在哪里？

我在万里之外的一个小小公寓。窗外下无穷无尽的雪，雪又密又厚，把银杏孤零零的枝丫压得喘不过气。我听见自己努力喘了一口气：那你怎么说的？

说你在美国啊，你还能在哪里？

怎么回事啊，心里空空荡荡，又像有个雪团子在四处滚来滚去：是啊，我在美国啊，我还能在哪里。

打完电话，我坐在窗前吃自己煮的盐水花生，有只松鼠探头探脑过来，一脑门儿雪，伸出爪子对我挥手。松鼠就住在银杏树上，从秋天到现在，我们挺熟了，有时候早上起晚了，它就在外面拍玻璃。松鼠喜欢盐水花生，还能吃藤椒味的瓜子，我开了窗，它便跳进来，蹲在桌上专心剥花生。我捏捏它被雪打湿的尾巴：你觉得呢？

它不理我，只是埋头苦吃。我一把抢了花生，它气得跳脚，不知怎么跳到我的手机上，电话里很快又传来洪雨的声音：喂？喂？又怎么了？

我愣了愣，不由自主问：也没什么……他还有说什么吗？

那边有毕毕剥剥的电流声，洪雨想了一会儿：哦，他问你有没有口罩？

我没听清：什么？

电流声更大了，洪雨扯着嗓子：口罩！他问你有没有口罩！

就这样，我带着两箱子 3M 口罩，又一次飞回了自贡。爸妈起先坚决不同意，但我管也没管，倾家荡产买了一张机票。范柳原和白流苏在浅水湾散步，遇上一堵墙，范柳原说：这堵墙，不知为什么使我想起地老天荒那一类的话。如果有一天，我们的文明整个的毁掉了，什么都完了——烧完了，炸完了，坍完了，也许还剩下这堵墙。流苏，如果我们那时候在这堵墙根下遇见了……流苏，也许你会对我有一点真心，也许我会对你有一点真心。

也许到了这个时候了吧，也许到了世间万物，只剩下这一堵墙。

29

如何高姿态挽回男友的心

　　回家就是隔离七天。我去社区登记，遇到一只小黄猫，趴在"谢绝外来人员进入本辖区"的牌子下面，小猫忽进忽出，上下翻飞，像在扑打一只并不存在的蝴蝶。小猫既不戴口罩，又随地吐口水，还动不动就舔爪子，小猫才不懂什么大势。但到了这个时候，大家戴着口罩面对面说话也要隔着两米社交距离，家里永远一股84消毒液的味道，看见一只无所畏惧的小猫，也能让我安心。

　　社区中心挨着我们这边的美食街，往前走两步就是蓝轩买猪尾巴回锅肉的那家"乡坝头"。所有店面都关了，只有一家卖鲜锅兔的老板坐在门口，脚下一字排开十个笼子的小白兔。兔子们都瘦了，绝望地在那里啃白菜秧秧。老板连吆喝都懒得吆喝，一直在刷抖音，只在旁边竖着一块纸板，上头歪歪扭扭写着：粮食兔儿，一只三十，好吃。

我家晚饭就吃的鲜锅兔儿，好吃。我在那个老板那里买了一只兔子回家，又要求妈妈去市场上买了另外一只，毕竟没有打过照面的兔儿，吃起来也不至于那么尴尬。我们在屋子里头吃兔子肉，我买的那只兔子就在笼子里啃胡萝卜秧秧。笼子放在院子里，给兔子一种距离自由比较近的错觉，而这种错觉和我目前的处境比较接近。

除了为网上的陌生人哭过太多次，隔离在家其实没什么不好，自高考结束后我就没有受到过这种重视。社区医生每天上门测温两次，再站在门口观察我五分钟有没有咳嗽。医生是个胖嘟嘟活力四射的阿姨，有一种和外形相匹配的能干精明，在前面几次五分钟里已经充分掌握了我所有的个人问题。

阿姨问：幺妹长得好乖哦，要朋友没得嘛？

我妈递过去一个巨大的耙耙柑：要了好几个，要了又吹了哒，哎呀现在的娃儿太麻烦了。

咋子吹了呢？

年轻人的事情，我们哪个晓得，我看就是搞来耍的。

我在一旁弱弱挣扎：也不要这样子说嘛，我也不是搞来耍的。

我妈哀怨地看我一眼：不是搞来耍的，你咋一个二个都吹了呢，咋一个都好不长呢，咋一个都不和好呢？

我还是弱弱地：也没得这么容易哒，爱情还是有点难哒。

我妈掷地有声：那就是搞来耍的，爱情难啥子难，爱情可以排除万难，你娃晓不晓得？

医生走了，我回到房间，整日琢磨妈妈的金句：真的吗？爱情可以排除万难？那到底从哪里开始排除？这么一说，爱情是不是有点像扫雷？我说走就走说回来就回来，人家到底还是不是乐意？不乐意我怎么办？乐意我又怎么办？我难道真的不回美国了吗？不回去我干什么？找工作？回来前我刚接触了纽约皇后区的一个小大学，看起来已经有八成把握，我们这种毕业即失业的人类学博士，放弃了是不是太可惜？

不找工作？不找工作干什么？每天在剧组给他煮饭？我难道真的要为爱情放弃这么些东西？如果我放弃了，那我到底还是不是我？如果我不放弃，那爱情到底是不是爱情？脑子里一天做八百道逻辑题，反反复复找不到正确答案，可能到了今天，面前既没有正确，也没有答案，只有选择，你必须选择，懦弱或者勇气。

隔离到第五天，我脑子里一团糨糊，已经不怎么清醒，晚上睡觉和洪雨打电话，我突然开了窍，说：喂，那个，那个你……你还有遇见那个谁吗？

他一头雾水：谁？

哎呀，不就那个谁吗！

谁？

我急了：你到底有没有测过智商？！识字吗你？剧本读得懂吗你？

他恍然大悟：哦，那个。

不就是那个吗！还有哪个？！还遇到过没有？

遇到过啊，后来就天天遇到。大家都闷得要命，每天在紫禁城里瞎逛呗，我天天嗑瓜子，他天天吃棒棒糖……姐，我不怕你不高兴，我看他吃棒棒糖的样子，感觉有点像个傻子。

我想到他吃棒棒糖的样子，不由生出一股甜蜜蜜的心情：那你再遇到他，能不能稍微提一下我回国了，就在自贡家里。

洪雨惊了：啥，你回国了，你怎么不给我说？

我也有点惊：我没给你说过吗？

没有啊！

哦，可能觉得你也不是很重要吧。

他大概在那边点头：你说得对。

别忘了这事。

他悻悻地：忘不了。

千万不要太刻意，要装作无意提起，知道吗？

知道了。

千万不要说我让你说的。

知道了，不说。

要婉转，婉转一点。

知道了，婉转。

要拿出你的演技。

我演技没问题。

叮嘱了一百遍，我从冰箱里拿出一个兔头儿，又拿了一根黄瓜。我坐在院子里啃兔头儿，小兔子原本都睡了，硬生生被我摇醒了起来啃黄瓜。月亮圆圆滚滚挂在天上，夜风是一种恰到好处的微寒。我不由担心起来，担心我们已经错过了这一轮阴晴圆缺的顶点，而往下就是一点点增大的缺憾。

我等了一整天，终于忍不住给洪雨打了电话：你遇到没有？

他懒洋洋地说：遇到了啊，一大早就遇到了。

什么？！那你说了没有？

说了啊，一遇到就说了。

你怎么说的？

我说，那个谁让我跟你说一声，她回国了，就在自贡。

我差点晕过去：什么？我不是让你婉转一点吗？！

婉转了啊，我又没有说是谁，我说的是那个谁，特别婉转，你说是不是？

我终于醒悟过来：你是不是报复我。

他嘿嘿两声：怎么可能啊姐。我哪里敢啊姐。

他听了怎么说？

没怎么说，他说哦。

然后呢？

没有然后。

他什么表情？

没什么表情啊。

他就是哦吗？

对啊，就是哦。

哦。

所以情况就是这么个情况，他已经知道我回来的消息，但历经十二个小时，依然尚无动静。我一面把小兔子放出来拉屎，一面沉思当前我的处境。这一沉思就是整整一个半小时，兔子先拉了屎，又出去小区逛了一圈，最后决定回来睡觉。到了这个时候，我已经放弃了沉思，我想起我妈打麻将时的名言：管球哦，该死的鸡儿 jio 朝天。

该死的鸡儿终于拨通了电话，起先一直没人接，然后是一个怒气冲冲的声音：干吗？！

我紧张到四脚抓地，却也不知道四只脚到底在哪里：是我。

我知道是你，干吗？

我一时泄了气：倒也不是要干吗……

那先这样了，我有事，我很忙。

说完他便挂了电话。我又觉委屈，又觉理应如此，我还能期待什么呢？男朋友并不是小兔子，你放走了便是放走了，他会去别的地方吃饭和拉屎，他会很忙和有事，他会认识别的母兔子。

也许已经认识了吧。我想，开始感到担心。

认识也是很正常的。我拿出手机，试图在豆瓣上搜索一点母兔子的蛛丝马迹。不出所料，看到了他和一个女孩子一起吃火锅的照片，照片模模糊糊，但还是看得出是海底捞。两个人一人围着一个黑色围兜，像两个幼儿园的小朋友面对面吃麻酱拌面。我们也去过海底捞，我围起围兜的时候他笑到打跌，什么玩意啊，我一辈子都不要围这个东西，他说。

所以我是上辈子的事情了吧。我黯然关上手机。

活该。我清理完兔子屎。

自找的。我坐在院子里抽烟。

好像有点冷啊。我这么想着，却还是不肯进去。

是不是感冒了比较好？感冒了也许就能发烧，也许就能咳嗽。也许就会被当成疑似病例。我要是生了这么个病，他总会有一点担心。我想着想着，不由把妈妈给我准备的玫红色夹棉睡衣脱了下来。

还是算了吧，这也太冷了，这样好像也有点刻意。于是又把睡衣穿了回去。

内心挣扎得不得了，却也没耽误这当中拨了七八次他的电话，一直都是关机。

他可能真的忙吧。我徒劳地替他解释。

日起鬼哦，哪个信？到了这个时候，他忙啥子，忙铲铲啊？忙斗耍朋友哦。我气到也关掉了手机。

所以这一切就是结束了吧。洗脸刷牙的时候我想。

结束就结束吧。我躺了下来。

他怎么这么绝情。我哭了起来。

但首先是我做得绝情。我实事求是地想。

不行，我要去挽回。我坐起身来。

到底怎么挽回呢？我从来没有过挽回男朋友的经历。我又躺了下去，打开手机搜索"如何挽回男人的心"，翻了两页看到一篇知乎专栏，"如何以高姿态的方式挽回男友的心"，对对对，我就是这个意思。

于是我赶紧学习："……虽说女追男隔层纱，但是挽回过程中，你不能表现出是你在挽回他，即使是你想要他回来。你要做的是重新吸引他，唤起他对你的兴趣，从而引导他主动联系你，甚至挽回你。但是如果他知道你的目的，那么他对你的兴趣和需求就会下降，因为主导权在他手里。所以你要表现出你并不需要他：你每周都有丰富的娱乐活动；有一群志趣相投的朋友；会约上几个闺蜜一起去逛街买衣服；会每天把自己打扮得漂漂亮亮，增加回头率；你还有一份稳定的事业。这样的你，才是最吸引他的。"

我正在吸收消化这些金玉良言，他的电话突然来了，还是那个极为不耐烦的声音：你怎么关机了？

我呆呆地：是你先关机的啊。

他很不高兴：我那是调了飞行模式。

我还是呆呆地：你为什么要调成飞行模式。

因为我在坐飞机。

你飞回北京了吗？

他几乎是吼起来：没有！没有！我没有回北京！我飞到了成都！今天最后一班飞机！最后一个头等舱！我戴了三个半小时 N95，我现在耳朵都他妈的快掉了！他妈的我现在都不知道自己到底是怎么回事！而你还他妈的一直关着手机！

我呆呆地说：N95 真的好痛，我回来的时候，戴了十三个小时。

他语气软下来：那不是痛死了。

我对着虚空点点头：是啊，痛死了。

我摸了摸自己的耳朵，奇怪，眼泪怎么会流到这里。我们都沉默了许久许久，他终于叹口气：我过不来，没有车，也打不到车，我试了好多次。

我哭出声：那怎么办，明天还有大巴吗？

他颓然说：有的，明天早上七点就有大巴。

他顿了顿，又说：但我今晚就想见到你。

30

你做过你的梦了，现在我来做我的

见到了，就在今晚。

我偷偷拿了爸爸的车钥匙，往返开车六个小时，接回一个愁肠百结、满腹相思、坐在双流机场到达厅里喝蓝剑啤酒而且持续打嗝的男明星。我已经很久没有开过车了，但在大货车和大货车之间穿梭时，心中竟然毫无惧意。高速路上的灯只照亮前方，让你无暇顾忌所有其他的东西。路旁大概有山、有田野，也有一路追随的河水，我甚至以为自己是亲自在飞，我飞过所有这些障碍，沿着月亮指出的道路，去见我的爱人。我既没有买红牛，也没有准备什么咖啡，一个亲自在飞的人不需要这些东西，我兴奋到像嗑药，摇头晃脑听了一路歌。

有人唱郑州：关于郑州我想的全是你，想来想去都是忻悔和委屈。

有人唱杭州：黄楼里有个男人在弹钢琴，身边的少女偷情，一杯长岛下肚，转身跳进西湖。

有人还唱：爱情不过是生活的屁，折磨着我也折磨着你。

唱歌的人好像不怎么开心，但那和我有什么屁关系呢？我是嗑药之后在天空之城中飞翔的人，吃了一肚子甜蜜的西班牙馅饼儿。

凌晨四点半，该位男明星坐在我的床上，旁边是我中学时候的小白兔台灯，他酒倒是醒了，但满脸红扑扑的，露出一种醉酒后任人宰割的茫然表情。以前六一儿童节，被老师们用口红当腮红的男同学们一字排开，等待上台跳扇子舞的时候，就是这种表情。而我换上了自己花花浪浪的玫红色睡衣，睡裤肥嘟嘟的，衣服兜上绣了两只蝴蝶。妈妈放在我床边的时候说：幺妹，你看这个蝴蝶好乖哦。

蝴蝶是挺乖的，就是花到伤眼睛。我讪讪地，把手放进兜里，又取出来，又放进去：这衣服是不是有点土？我妈买的。

他看我一眼，又看我一眼，语气不是非常和善：还行吧，你一直都挺土的。

我看了看他身上的绿色军大衣：你这样是不是也不大公平。

他冷漠地哼了哼：公平？你要和我谈公平？你真的好意思跟我谈公平？

我确实不大好意思。他脱了大衣，又脱了毛衣，露出一件很体面的黑色棉毛衫，也不打个招呼，关上台灯，倒头就躺了下去，裹住我的牡丹花被子：我好累，我要睡觉。

我只能也睡了，脱掉睡衣和睡裤，低头看了一眼我妈的绛紫色保暖内衣，想到床前还有一双毛茸茸的粉色拖鞋，默默感谢目前这种乌漆嘛黑的环境。

但是缩在被子的一角，我感到有点冷：喂，喂。

干吗？！

我冷。

他让给我一点被子。我说：还是冷。

他又让过来一点。我说：还是冷。

他终于不耐烦起来，转身把我一搂，我嗖地顺水推舟就溜进了他怀里，像一条心想事成的小鱼。

我们就这么搂了很久很久，他终于说：什么时候回来的？

就一周前，刚隔离结束。

为什么要回来？

我老老实实回答：2020 年太他妈邪门了，我怕是世界末日。

世界末日又怎么样？

世界末日的话，我还是想跟你在一起。

两个人都许久没有说话，直到他狠狠地咬了一口我的耳朵：不到世界末日，你就不会这么想，是不是？

我还是老老实实：想还是想的，但想法确实没这么强烈。没到世界末日嘛，想法就还是有点多。

还有些什么想法？

就那些想法嘛。你也知道的，一会儿想着老子还要当教授，一会儿想着老子一次两次地回来找你，是不是有点亏哦。

他气得不行：现在呢？还亏吗？

我实事求是：亏还是亏的，但要真的是世界末日，我也来不及当教授了，你知道一个 tenure track 要多少年才能走完吗？

他很茫然：什么 track？

我在黑暗中摸到他的耳朵，扯了扯：也没什么，不重要了，起码在这个时候不重要了。

他问我：那过了这个时候呢？

我不能说谎：我不知道，但我们还在这个时候里面呢。

他闷闷的：你把它说得好像是一个洞。

我往虚空中胡乱伸了伸手：就是一个洞啊，我们躲在这个洞里面，这样不好吗？

他在虚空握住我的手：还行吧，今天比昨天好一点。

我们沉默了一会儿，他大概想着想着又气起来，气到又咬我一口，但咬着咬着，不知道怎么变成了反反复复吻我的耳垂。以前我们每次做完爱，他总要这样吻上许久，我的耳洞穿了又长起来，那个位置长出小小肉球，他就总是用舌头去舔那个肉球。

可能到了应该做爱的时候,但我们好像都没有这个想法,做爱是爱的延续和补充,但爱太充沛了,目前我们还仅仅想停留在这里。他终于亲完了耳垂,叹了一口气:我怎么一直都这么强烈,是不是我的问题。

我脑子没有接上:什么?什么强烈?什么问题?

他气到又扯我的耳朵:我总想跟你在一起,这个想法他妈的特别强烈,这是不是我的问题?!

我咯咯笑起来,转身过去搂住他的脖子:我觉得是。

他把头埋进我两天没洗、而且沾满了昨天的火锅味的头发里,我有点担心,想溜出来,他却闷闷说:你别动好吗?就这样,别动。

于是我没有动,只是揪住他棉毛衫的领口,说:你现在好红了。

他的声音从我的头发里传出来:是啊,好像是有点红了。

感觉怎么样?

还可以吧,和我以前想的差不多。

你是不是发财了?

还可以吧,和我以前想的差不多。

我叹口气:我从来没有想过,我真的会和男明星谈恋爱呢。

感觉怎么样?

我亲他一口：还可以吧，除了骂我的人有点多。

他突然把手伸进我的保暖内衣，又轻轻捏了捏我的乳头：以后就没有了。

为什么？

我应该很快就不红了，不红了，就没人骂你了。

我吓了一大跳：你怎么了？吸毒了还是嫖娼了？你是不是被人捉奸了？你是不是劣迹艺人了？

他在我胸上掐了一把：你他妈就不能想点别的？

想什么？你到底怎么了？

他脱掉了自己的棉毛衫，又脱掉我的，一点点地在我的身体上亲来亲去：我年初就办好了签证，要不是这个病毒，我现在已经走了。

我被他亲得有点晕：走？你要去哪里？

他的舌头一路下行，目前正在我的肚脐眼四周匀速打圈儿：我要去美国啊。

我吓得坐起来：什么？你去干吗？

他又把我推倒：我要去读书，怎么了，你能读书，我就不行？

读书？你读什么书？什么学校？

他的舌头不怎么老实，说话倒是很老实：中介找的，肯定就是个野鸡学校。

什么野鸡学校？你读个野鸡学校干什么？

他已经脱掉了内裤，又开了小白兔台灯，在军大衣里翻出一个杜蕾斯，我突地被转移了注意力：为什么会有套？！你这是随时随地有备无患啊。

他轻轻打了我一巴掌：机场买的，一出来我就买了。

我笑出声：你倒是规划得很细致。

他戴好安全套，翻身压了上来：当然了，我买了好大一盒。

我挣扎着不让他进去：你还没说清楚呢，你到底要读什么书？

他被阻挠得有点恼火，就一点点捏我的大腿内侧：一个什么演艺进修课程，好贵，一年二十万美元。

我噌地坐起来：什么？这么贵？我读博士一分钱没花。

他想就用这个姿势进来，角度却怎么都不对，颇是费了一点工夫，当终于成功之后，他轻轻叹了一口气，又低头吻我的脖子：是啊，我女朋友最厉害了，我怎么能比，但我有钱啊，我不怕这个。

我有点不好意思：……那你也别这么说。

他不紧不慢地进进出出：……中介说那个学校离哈佛很近的，房子我都租好了，中介还说，房子在三楼，窗户很大，窗前是一棵银杏树……你不是最喜欢窗前有树？

我这才一点点明白过来，一时竟不知该说什么，但其实谁会不知道呢：……所以你去读书，是为了我？

他又把我推倒在床上，猛地进来了一下，又轻轻出去：……废话。当然。你智商到底怎么回事。

我起身想吻他，他又往后躲避我的吻，这样却只是让我们彼此进入得更深，我说：你不应该这样做，这样会失去很多，你的事业怎么办？

他懒洋洋地抽动，也不着急寻找那个巅峰：我的事业？那就一年后再说了。

我却被一种缓慢的快感和震动同时击中：你这样牺牲太大了。

他笑了笑：我现在去美国，是为你。就像两年前你回来，是为了我。

我好像快到了，便伸手摸他的头发：……我的事业是可以续上的，你的却很难，你有没有想过这个？

他堵住我的嘴：当然想过，但都这个时候了，不要想那么多，我们不是躲在洞里吗？

所以我们都没有说话了，我们专心致志地做了又做。两个人躺在同一条小船上，在欲望的巨浪中上下颠簸，在最后那个瞬间，我清晰地看见浪潮迎面而来，万物发出尖叫，而我们心甘情愿，葬身其中。

过了很久他才出去，他又从后面搂住我，用舌头寻找我耳朵上的小小肉球，这个动作好像重复过千百次般熟练，又像第一次那样让人悸动。我们如此这般不知待了多久，他才说：你记不记得有一次你跟我说，回国来找我，是做一个自己的梦。

我轻轻抚摸他将软未软的地方，这个动作里没有情欲，只有一种"好久不见啊"的温馨：是啊，我在北京的一年，真的像做梦一样。

他也把手放在我的下面，轻轻地伸出去一个手指，继而又加了一个：对咯。你做过你的梦了，现在我来做我的。

万一一年之后我们不好怎么办？

他的手在我的身体里轻轻搅动：那就到时候再说。反正现在我不想和你分开了，一天也不想，是不是世界末日都是这样……你呢？

我也是的，我什么话都说不出来了。我把头缩在牡丹花被子里，悄悄咪咪哭了很久。哭着哭着我便睡着了，从一个梦走向另一个梦，梦中大树参天，银杏结出累累果实，又落满窗台，我一粒粒拾起来，梦中我还在想，世界末日就是这样了吧，但这个拿来做白果炖鸡肯定不错。

待我从他怀里醒过来，他已经醒了，他一动不动，只是看着我。窗帘透出微光，小鸟在院子里吵得不得了，厨房里传出叮叮当当的声音，那是妈妈在做鸡汤烫饭，鸡汤里大概也有白果。

我问他：你还要睡吗？

他摇摇头：我一直没睡。

为什么？

我不想睡，我想看着你。

我清清嗓子：你这样有点肉麻。

他亲了亲我的额头：我知道，你不喜欢吗？

我老老实实：喜欢得要死。

我们于是又舌吻了好久，我又问：你饿不饿？

饿得要死。

我起身穿衣服：差不多了，你把衣服穿好，毛衣就行，军大衣就算了。

什么差不多了？

我板着脸：还有什么？差不多让我爸爸妈妈见见你了。

我微笑着打开门，准备迎接妈妈的尖叫、爸爸的训斥和这个来自世界末日的幻梦。

图书在版编目(CIP)数据

蓝房子／萧朱著.—桂林：广西师范大学出版社，2022.10
ISBN 978－7－5598－5291－5

Ⅰ.①蓝… Ⅱ.①萧… Ⅲ.①长篇小说－中国－当代
Ⅳ.①I247.5

中国版本图书馆 CIP 数据核字(2022)第 147292 号

蓝房子
LAN FANGZI

出　品　人：刘广汉
策划编辑：刘　玮
责任编辑：刘　玮
助理编辑：茹婧羽
装帧设计：李婷婷
营销编辑：姚春苗

广西师范大学出版社出版发行

(广西桂林市五里店路 9 号　　　邮政编码：541004)
(网址：http://www.bbtpress.com)

出版人：黄轩庄
全国新华书店经销
销售热线：021－65200318　021－31260822－898
山东韵杰文化科技有限公司印刷
(山东省淄博市桓台县桓台大道西首　邮政编码：256401)
开本：890 mm×1 240 mm　1/32
印张：7.25　　　　　　字数：133 千字
2022 年 10 月第 1 版　　2022 年 10 月第 1 次印刷
定价：68.00 元

如发现印装质量问题,影响阅读,请与出版社发行部门联系调换。